*El último trayecto
de Horacio Dos*

Eduardo Mendoza

El último trayecto
de Horacio Dos

SEIX BARRAL

Ilustración de la cubierta
por María Antonia Pérez
Fotografía del autor: © Isolde Ohlbaum

Primera edición
en Editorial Seix Barral: septiembre 2002

Primera edición
en este diseño y formato: mayo 2004

© 2002: Eduardo Mendoza

www.eduardo-mendoza.com

Derechos exclusivos de edición en castellano
reservados para España y América Latina:
© 2002, 2004: EDITORIAL SEIX BARRAL, S. A.
Avda. Diagonal, 662-664 - 08034 Barcelona

www.seix-barral.es

ISBN: 84-322-3156-8
Depósito legal: B. 17.536 - 2004
Impreso en España

BIOGRAFÍA

Eduardo Mendoza nació en Barcelona en 1943 y residió en Nueva York de 1973 a 1982. Ha publicado las novelas *La verdad sobre el caso Savolta* (Seix Barral, 1975), que obtuvo el Premio de la Crítica, *El misterio de la cripta embrujada* (Seix Barral, 1979), *El laberinto de las aceitunas* (Seix Barral, 1982), *La ciudad de los prodigios* (Seix Barral, 1986), Premio Ciutat de Barcelona, *La isla inaudita* (Seix Barral, 1989), *Sin noticias de Gurb* (Seix Barral, 1991), *El año del diluvio* (Seix Barral, 1992), *Una comedia ligera* (Seix Barral, 1996), por la que obtuvo en París el Premio al Mejor Libro Extranjero, referido además a todo el conjunto de su obra, en 1998, *La aventura del tocador de señoras* (Seix Barral, 2001), Premio al «Libro del Año» del Gremio de Libreros de Madrid, y *El último trayecto de Horacio Dos* (Seix Barral, 2002). En colaboración con su hermana Cristina ha escrito la obra *Barcelona modernista* (Planeta, 1989; Seix Barral, 2003). Es autor de la obra teatral en catalán *Restauració* (Seix Barral, 1990), que él mismo tradujo al castellano (*Restauración*, Seix Barral, 1991).

EL ÚLTIMO TRAYECTO
DE HORACIO DOS

Martes, 30 de mayo

Escasez. Gachas de arroz, medias raciones, para comer, y agua pútrida con clorofila para beber. Descontento general y conato de rebelión en el sector de los Delincuentes. El primer segundo de a bordo propone gasearlos preventivamente. El segundo segundo de a bordo se muestra partidario de la disuasión, bien por juzgar más efectivo este sistema, bien para llevar la contraria al primer segundo de a bordo. Según el argumento de aquél, aun cuando los Delincuentes consiguieran adueñarse de la nave y desactivar los mecanismos de autodestrucción preventiva, ¿de qué les iba a servir, si el congelador está vacío? Es su argumentación, no la mía. Impecable si los Delincuentes atendieran a razones. Ahora bien: si atendieran a razones, ¿serían delincuentes o habrían optado por una forma de vida más conforme a las normas sociales? La pregunta reviste cierto interés, pero sólo de índole teórico, por lo que queda pendiente hasta la próxima reunión de mandos.

Miércoles, 31 de mayo

La escasez a la que me referí ayer en este grato Informe no debe atribuirse a mala administración por mi parte ni a imprevisión por parte de las autoridades que dispusieron nuestro avituallamiento antes de abandonar la Tierra.

En realidad, tanto el cálculo de las provisiones como su distribución diaria era muy difícil de establecer de antemano, puesto que ni los proveedores ni yo conocíamos el destino de la nave ni, por consiguiente, el tiempo que nos llevará alcanzarlo.

Sólo me ha sido dada una derrota provisional a la que he procurado atenerme dentro de los márgenes de error aceptables en este tipo de viajes.

A esto se ha sumado el hecho, tal vez fortuito, de habernos adentrado en la zona helicoidal, en la que, como es sabido, el tiempo se ve sometido a oscilaciones que podrían calificarse de chistosas si no imposibilitaran cualquier tipo de organización racional, y, por añadidura, si no desarrollaran el apetito de la tripulación y del pasaje. Apenas han acabado de comer, ya piden la merienda, y así sucesivamente. También hay que decir que tanto la tripulación como el pasaje están integrados por gente poco inclinada a los hábitos regulares, higiénicos y saludables en lo que se refiere al comer, al beber y a todo lo demás.

Por todo lo antedicho, y siempre con el debido respeto, aprovecho esta coyuntura para reiterar que yo, Horacio Dos, comandante con mando en plaza, acepté esta misión de mal grado y haciendo constar verbalmente mis reservas por los siguientes motivos:

a) naturaleza incierta pero sin duda dificultosa de la misión;
b) duración indeterminada pero sin duda larga de dicha misión;
c) carácter difícil o delicado del pasaje;
d) antigüedad y mal estado de la nave;
e) personalidad indócil de la oficialidad y la tripulación;
f) sueldo inadecuado del comandante.

A esto se me respondió aludiendo a ciertos episodios de mi carrera, atribuibles, según una versión, a negligencia, incompetencia y desfachatez. Huelga decir que rechazo de plano estas insinuaciones, que no se fundan en pruebas materiales ni de otro tipo.

Por lo demás, esta misión llega en un momento bien inoportuno, pues yo mismo, habiendo intuido cierta animosidad hacia mi persona entre las autoridades competentes, había decidido solicitar mi jubilación anticipada con goce de pleno sueldo, para lo cual acababa de presentar una instancia que en estos momentos está examinando el Comité de Evaluación. No me cabe duda de que la coincidencia no es fortuita y de que su dictamen dependerá en buena medida del exitoso cumplimiento de la misión.

Jueves, 1 de junio

Ha vuelto a haber protestas a la hora del desayuno, en vista de lo cual, y preventivamente, ordeno agregar al agua pútrida sulfato de la risa. Surte efecto con los Delincuentes, que deponen su actitud hostil y consumen sus energías cantando y jugando, pero provoca trastornos respiratorios en el sector de los Ancianos Improvidentes. Convoco al médico de a bordo y, oído su parecer, decido alterar el rumbo con objeto de hacer escala en la Estación Espacial más próxima y allí reponer existencias.

En las instrucciones que me fueron dadas al encomendarme esta misión no se mencionaba la posibilidad de establecer ningún tipo de contacto con las Estaciones Espaciales, y mucho menos la de hacer escala en ellas. Pero esta posibilidad tampoco aparecía como explícitamente prohibida, por lo que considero que puedo usar de mis facultades discrecionales, sobre todo en una situación como la nuestra.

Por supuesto, no ignoro que las autoridades federales desaconsejan, por no decir «desaprueban», el contacto entre las Estaciones Espaciales y las naves, sobre todo de las que cumplen misiones como la que me ha sido encomendada, por el trastorno que estos contactos, que el reglamento no vacila en calificar de «visiteo», pueden causar en la rutina propia de una Estación Espacial. El propio reglamento prevé sanciones para quienes incumplan esta norma sin causa justificada. De ahí que al redactar este grato Informe me extienda en la descripción de nuestras vicisitudes. Por lo demás, tengo pensado reducir la escala en la Estación Espacial al mínimo, tanto por lo que se refiere a la duración como al número de personas que efectuarán la visita.

En cuanto al retraso que todo esto suponga con respecto al calendario previsto, mal puedo evitarlo, sobre todo porque desconozco aún el calendario previsto.

Mismo día por la noche

Con objeto de valorar la situación y, preventivamente, de encontrar una Estación Espacial en el Astrolabio Digitalizado, llamo a consejo al primer segundo de a bordo. Antes de entrar en materia, y siguiendo enseñanzas recibidas en la Academia de Mandos de Villalpando, dedico un rato a ganarme su voluntad: le colmo de elogios y, más importante aún, hablo en términos despectivos del segundo segundo de a bordo, al que me refiero siempre como «tercero de a bordo». Luego convoco al segundo segundo de a bordo y me dirijo a él llamándolo «primer segundo de a bordo». De este modo me aseguro la lealtad de ambos y fomento la desavenencia entre ellos. Luego designo espías para averiguar si ellos están tratando de hacer lo mismo entre sí con respecto a mi persona.

Estos quehaceres no nos dejan tiempo para localizar una Estación Espacial en el Astrolabio Digitalizado. La búsqueda queda pendiente hasta la próxima reunión de mandos.

Viernes, 2 de junio

Para acabar de complicar las cosas, pide audiencia una comisión del sector de las Mujeres Descarriadas. La recibo. La componen tres mujeres que dicen hablar en nombre de todas, pero a la hora de exponer los motivos de su comparecencia ninguna quiere tomar la palabra. Después de un largo silencio las tres se retiran al unísono.

Sin embargo, al cabo de una hora regresa una de las tres y, hablando en nombre de las tres y por consiguiente también en nombre de todas las Mujeres Descarriadas de a bordo, me informa de que se está acabando el champú y el colorete.

Le respondo que la culpa es de ellas por haber usado ambos productos sin tasa, a sabiendas de que el cargamento era limitado y el viaje largo, y le ruego transmita esta respuesta a sus representadas. Con todo, y para evitar que también en este sector cunda el descontento, le informo de que nos dirigimos a la Estación Espacial más próxima con fines de avituallamiento y de reposición de otros productos si allí los hubiere. A tal fin le pido que confeccione y me someta una lista de pedidos debidamente consensuada. Con esto confío en tenerlas entretenidas unos días o, cuando menos, sembrar la discordia en el sector.

El sector de las Mujeres Descarriadas es por definición poco levantisco, pero su potencial para alterar el orden público interno de la nave y, en general, cualquier orden público, es inconmensurable.

Antes de retirarse, la representante de las Mujeres Descarriadas me pregunta cuánto tardaremos en llegar a la Estación Espacial mencionada por mí, para poder rendir a sus compañeras de sector un informe detallado de nuestra entrevista. Respondo que tardaremos lo que tardemos, puesto que navegamos por la zona helicoidal y, por consiguiente, acelerar o aminorar la marcha no serviría para nada. Me da las gracias con mucha corrección y antes de salir hace una graciosa reverencia. Es evidente que aspira al cargo de representante permanente de las Mujeres Descarriadas y quién sabe si de todo el pasaje, lo que la hace potencialmente peligrosa. Este dato, sin embargo, no me impide advertir que su aspecto resulta atractivo. A juzgar por su apariencia externa, debe de ser bastante joven, por lo que el hecho de viajar a bordo de esta nave y en el sector de las Mujeres Descarriadas resulta penoso. Sin duda se debe a una conducta que no sé si considerar reprensible o meritoria. Por lo demás, sus facciones revelan un origen distinguido, probablemente gótico, y su actitud general es modesta sin ser esquiva ni ñoña. Anotado lo cual le ordeno regresar a su lugar reglamentario de reclusión.

Al salir se cruza con el segundo segundo de a bordo, a quien he encomendado la localización de la Estación Espacial más próxima en el Astrolabio Digitalizado y viene a rendir su informe.

Sin embargo, antes de informarme del resultado de sus averiguaciones, el segundo segundo de a bordo me señala que la mujer que acaba de salir se ha despedido, según él mismo ha podido advertir, con una graciosa reverencia de las llamadas *à la manière de Versailles*, un tipo de reverencia originario del siglo XVIII de la Era Etnológica, que se ha seguido practicando en algunas penitenciarías de alta seguridad como parte del trato vejatorio a las reclusas.

En este punto hay que hacer caso a lo que dice el segundo segundo de a bordo, M. Gaston-Philippe de la Ville de St. Jean-Fleurie, alias el Rata, porque pertenece a una familia de raigambre cortesana y porque ha pasado once años de su vida en chirona. Le ordeno que en sus horas libres consulte los archivos y averigüe lo que pueda sobre la mujer en cuestión: antecedentes y razón por la que fue seleccionada para formar parte de nuestra expedición, etcétera. Antes, sin embargo, le ordeno que rinda su informe sobre la Estación Espacial.

La Estación Espacial más próxima, según las averiguaciones del segundo segundo de a bordo, es la denominada *Fermat IV*. Alcanzarla nos llevaría poco menos de tres días y supondría una desviación mínima de nuestra ruta. Sin embargo, añade, no todo son ventajas, pues el propio Astrolabio aconseja a las naves no recalar en la citada Estación Espacial *Fermat IV* ni siquiera en casos de extrema necesidad.

Preguntado por la razón de esta advertencia, el Rata responde que no se tomó la molestia de hacer las oportunas averiguaciones, puesto que sólo le había sido encomendada la localización de la Estación Espacial. Lo despido agradeciéndole sus servicios y hago una anotación negativa en su hoja de servicios.

Convoco al primer segundo de a bordo, Graf Ruprecht von Hohendölfer, D. D. M. de F., alias Tontito, y le encomiendo poner rumbo a la Estación Espacial *Fermat IV*. Me abstengo de informarle de la advertencia contenida en el Astrolabio hasta tanto yo mismo no lo haya consultado. Es posible que se refiera a un problema ya resuelto, o a un error de apreciación, o simplemente a un prejuicio de quienes se ocupan de confeccionar y actualizar el Astrolabio. O que se trate de una cuestión de poca importancia.

En todo caso, el debate sobre los pros y contras de la decisión queda pendiente hasta la próxima reunión de mandos.

Por otra parte, la situación no admite muchos remilgos, pues la escasez se agudiza, habiendo alcanzado un punto por encima de «incómoda» y dos puntos por debajo de «peligrosa». Preventivamente ordeno doblar la dosis de clorofila en el agua pútrida para disimular su sabor y su hedor y, también preventivamente, para contrarrestar los efectos astringentes de las gachas de arroz, que están haciendo estragos entre los Ancianos Improvidentes, según informe escrito remitido por el médico de a bordo.

Sábado, 3 de junio

Al dirigirme hacia la Cámara Estanca donde se halla el Banco General de Datos con objeto de consultar el Astrolabio y averiguar qué puede haber de objetable en la Estación Espacial *Fermat IV*, a la que en estos momentos nos dirigimos con objeto de avituallar la nave y adquirir otros objetos, si los hubiere, advierto un ruido extraño, como de reyerta, procedente de la Sala de Máquinas Auxiliares. Hechas por mí las oportunas averiguaciones, descubro que varios miembros de la tripulación, entre los que se encuentran todos los asignados a la ya citada Sala de Máquinas Auxiliares, están celebrando una fiesta no autorizada en honor, según me explican, de un compañero que en la fecha del día de hoy cumple veinte años, y cumpliría cuarenta y seis si estuviera en la Tierra.

Les hago ver que en estos momentos, mientras ellos festejan el cumpleaños de un compañero en forma no autorizada ni discreta, la nave surca el espacio sin rumbo ni control, expuesta a toda índole de peligros y averías. También les señalo que el abandono del servicio por motivos festivos o de cualquier otra índole está severamente sancionado, no importando el número de personas que incurran en la citada celebración.

Responden que les importa un bledo, de lo que deduzco, así como de su comportamiento general, que todos ellos han incurrido asimismo en el delito adicional de consumo de bebidas alcohólicas.

Interrogados al respecto, admiten haber consumido aguardiente y otras sustancias tóxicas y tener la intención de seguirlas consumiendo hasta agotar las existencias de que disponen, que son considerables.

Interrogados respecto de la obtención de dichas bebidas y sustancias tóxicas, dicen habérselas proporcionado por una suma de dinero igualmente considerable el primer segundo de a bordo.

Los hechos revisten cierta gravedad, aunque no tanto como revestirían si en ellos hubieran intervenido alguna de las Mujeres Descarriadas o alguno de los Delincuentes. El que tanto aquéllas como éstos permanezcan confinados en sus respectivos sectores constituye una circunstancia atenuante. Y como no puedo indisponerme con un segmento tan numeroso de la tripulación, del que depende en buena parte el funcionamiento de la nave, hago una anotación negativa en la hoja de servicios de los implicados y decido aplazar la consideración del caso hasta la próxima reunión de mandos.

Domingo, 4 de junio

El segundo segundo de a bordo comparece para rendir informe acerca de la mujer que dos días atrás vino a verme en nombre de las Mujeres Descarriadas.

El segundo segundo de a bordo ha podido averiguar que la mujer en cuestión figura en la nómina de pasajeros con el nombre de «señorita Cuerda». Es posible, añade, que se trate de un seudónimo, de un nombre artístico, de un mote o incluso de su verdadero nombre.

Preguntado por la información almacenada en la Base de Datos acerca de la citada señorita Cuerda, responde no haberla consultado todavía. No tengo autoridad moral para criticar su descuido, porque yo mismo, el día de ayer, y de resultas de los sucesos acaecidos en la Sala de Máquinas Auxiliares, olvidé consultar en el Astrolabio la información concerniente a la Estación Espacial *Fermat IV*, a la que nos dirigimos a toda máquina, en el supuesto de que quienes las deben hacer funcionar estén en condiciones para ello, de modo que decido hacer una anotación negativa en su hoja de servicios y no mencionarle el asunto por el momento.

A continuación, y aprovechando la presencia del segundo segundo de a bordo, le comento lo sucedido la víspera en la Sala de Máquinas Auxiliares.

Responde que ya lo sabía, porque el guateque había sido anunciado mediante octavillas y también de viva voz por toda la nave con varios días de antelación. En cuanto a la venta ilegal de bebidas alcohólicas y sustancias tóxicas, el segundo segundo de a bordo niega la presunta culpabilidad del primer segundo de a bordo y añade saber de buena tinta que fue el médico de a bordo quien vendió dichas sustancias a la tripulación por una suma considerable de dinero y la promesa de inculpar al primer segundo de a bordo si eran descubiertos e interrogados, salvo que fueran descubiertos e interrogados por el primer segundo de a bordo, en cuyo caso debían inculpar al segundo segundo de a bordo.

Como entre ambos segundos de a bordo no hay solidaridad ni compañerismo, sino sólo inquina, no tengo motivos para dudar de la exculpación. Por lo mismo deduzco que la acusación contra el médico de a bordo formulada por el segundo segundo de a bordo debe de ser cierta. A decir verdad, el médico de a bordo dispone de los ingredientes necesarios para destilar bebidas alcohólicas y fabricar sustancias tóxicas, así como de un laboratorio completo y de los conocimientos científicos necesarios. Por si estos indicios no bastaran, el doctor Aristóteles Argyris Agustinopoulos, alias Nalgaloca, fue condenado en varias ocasiones por adulteración de bebidas alcohólicas y por fabricación y venta de sustancias tóxicas de diversa índole, así como por falsificación de tarjetas de crédito, y, de resultas de ello, inhabilitado a perpetuidad para el ejercicio de la medicina, razón por la que ahora forma parte, bien a su pesar, de la tripulación de esta nave en calidad de médico de a bordo.

Por las razones expuestas en el párrafo anterior lo convoco a mis aposentos. Comparece pensando que voy a preguntarle por la situación sanitaria a bordo de la nave y me rinde un informe poco halagüeño por lo que concierne a los Ancianos Improvidentes.

Los Ancianos Improvidentes forman el sector menos revoltoso del pasaje, pero también el que más preocupaciones ocasiona. Su debilidad congé-

21

nita los hace muy vulnerables a las variaciones dietéticas, a las variaciones de presión atmosférica y, en términos generales, a cualquier tipo de variación.

El doctor Agustinopoulos admite no haber practicado reconocimiento de ningún tipo a ninguno de los enfermos, pero da a entender que de seguir así las cosas, se producirá una epidemia. Le pregunto cuánto tiempo tardará en producirse una epidemia y responde que no lo sabe. Tampoco puede precisar las características de dicha epidemia. Le ordeno que proceda al seguimiento de la situación sanitaria y que presente un informe detallado cuando lo tenga listo.

Por lo que concierne al delito de contrabando de bebidas alcohólicas y otras sustancias tóxicas que se le imputa, no me atrevo a sancionarle, siendo como es el médico de a bordo, de quien, en definitiva, depende la salud de la tripulación y del pasaje de la nave y, sobre todo, la mía propia, por lo que hago una anotación negativa en su hoja de servicios y decido aplazar la consideración del asunto hasta la próxima reunión de mandos.

Lunes, 5 de junio

Comparece el primer segundo de a bordo, Graf Ruprecht von Hohendölfer, D. D. M. de F., alias Tontito, a cuyo cargo ha estado la dirección de la nave durante los últimos tres días con el objetivo expreso de dirigirla a la Estación Espacial *Fermat IV*, donde espero proceder al avituallamiento. De lo que me dice y me muestra compruebo que se ha equivocado en sus cálculos y que hemos estado navegando en dirección opuesta a la Estación Espacial a la que nos dirigíamos o deberíamos habernos dirigido. Como la cosa no tiene remedio, me abstengo de hacerle ninguna recriminación. Pese a sus frecuentes errores de cálculo y de apreciación, Hohendölfer es un buen oficial y posiblemente a estas alturas ya estaría al mando de una nave si no le hubieran degradado en dos ocasiones, una por desfalco y otra por agresión de palabra y obra a un superior jerárquico. Sin embargo, la noticia es inquietante, porque he tenido que reducir a un tercio la ración de gachas de arroz, y el suministro de agua pútrida empieza a escasear. Hace una semana que la tripulación y el pasaje no se ducha, salvo algunos Ancianos Improvidentes, por prescripción facultativa, y las Mujeres Descarriadas, que han sido autorizadas a ducharse en días alternos; pero incluso los que se duchan han de hacerlo únicamente con agua pútrida reciclada y hace dos semanas que se acabó el gel de baño.

Martes, 6 de junio

Como falta poco para llegar a la Estación Espacial *Fermat IV*, adonde nos dirigimos con objeto de avituallar la nave, acudo de nuevo a la Cámara Estanca, donde se halla el Banco General de Datos, con objeto de consultar en el Astrolabio los concernientes a la Estación Espacial *Fermat IV* y su presunta peligrosidad. Antes de efectuar la consulta, sin embargo, decido consultar los datos concernientes a la señorita Cuerda, toda vez que el segundo segundo de a bordo, a quien encomendé hacerlo, se muestra remiso a cumplir con su cometido.

Hecha la oportuna consulta, advierto que los datos concernientes a la señorita Cuerda han sido borrados del Archivo de Pasajeros así como del Banco General de Datos. Consulto la fecha en que fueron borrados y advierto que también este dato ha sido borrado del Archivo. Mi primera sospecha recae sobre el segundo segundo de a bordo, aunque no hay que descartar la posibilidad de que otra persona, incluso la propia señorita Cuerda, haya tenido acceso al Banco General de Datos, así como de que el Banco General de Datos haya sufrido una avería, cosa que sucede con cierta frecuencia.

Sin embargo, otras consultas hechas al azar sobre otros miembros de la tripulación así como del pasaje me confirman que la desaparición de los datos concernientes a la señorita Cuerda es una excepción, lo que en principio indicaría que dicha desaparición es obra deliberada de alguna persona que no se ha tomado la precaución de borrar otros datos para simular que la desaparición es debida a una avería, bien por no prever que yo efectuaría la comprobación, bien por no habérsele ocurrido esta argucia. Sea como sea, quien haya procedido a la eliminación no autorizada de los datos en cuestión lo ha hecho para evitar que la identidad de la señorita Cuerda así como sus antecedentes pudieran ser consultados.

El caso podría revestir gravedad si no existiera un duplicado secreto y codificado de todos los datos concernientes a la tripulación y al personal, del que sólo tiene conocimiento y al que sólo tiene acceso el comandante de la nave.

En el ejercicio de mis prerrogativas y preventivamente, extraigo los datos concernientes a la señorita Cuerda. Como desconozco la clave de lectura, recurro al manual de claves para uso de la oficialidad, al que ni el primer ni el segundo segundos de a bordo tienen acceso, por haber sido ambos degradados en forma infamante. También a mí, y por razones que ignoro, se me niega el acceso al manual de claves, por lo que no puedo sacar nada en claro de lo que, sin ser debidamente descodificado, constituye un verdadero galimatías. Sin embargo, y tras varios intentos, consigo descifrar algunos términos o fragmentos de términos, entre los que figura subrayada la palabra «murder».

Cuando comparece el primer segundo de a bordo a rendir su parte de ruta, le comento la desaparición del historial de la señorita Cuerda tanto del Archivo de Pasajeros como del Banco General de Datos y mis sospechas, que, tras larga reflexión, recaen sobre el segundo segundo de a bordo. El primer segundo de a bordo las confirma diciendo haber sorprendido al segundo segundo de a bordo en compañía de la señorita Cuerda. Añade que la conversación entre ambos parecía dos puntos por encima de «animada» y cuatro puntos por debajo de «tórrida». Le pregunto si se atrevería a calificarla de «confidencial» y responde que no, porque no pudo acercarse y escuchar sin ser visto. Añade que más tarde sorprendió a la señorita Cuerda con el médico de a bordo, el doctor Agustinopoulos, enzarzados ambos en una conversación que sí se atrevía a calificar de «confidencial», e incluso de «confidencial con pucheros», al menos por parte de la señorita Cuerda. Acto seguido añade haber sorprendido al doctor Agustinopoulos y al segundo segundo de a bordo, ambos enzarzados en una conversación que se atrevía a clasificar de «tête-à-tête» e incluso de «entre hombres».

Le encomiendo no relajar la vigilancia de todos los presuntos implicados en el asunto, le conmino a volver al puente de mando con objeto de poner rumbo a la Estación Espacial *Fermat IV* si sabe cómo y decido aplazar la consideración del hecho hasta la próxima reunión de mandos.

Mismo día por la noche

Cuando estoy acabando la cena solicita entrevistarse conmigo, con carácter de urgencia, un pasajero del sector de los Delincuentes. Lo someto a una larga espera para sembrar en su ánimo la confusión y el desaliento. Cuando finalmente comparece ante mí advierto que se trata de un individuo alto y fornido, de cabello prematuramente encanecido, quizá de resultas de sus actividades delictivas, y facciones nobles, algo torvas, no exentas de atractivo viril, que dice responder al nombre de Garañón o Garamond, sin especificar si se trata de su verdadero nombre o de un apodo.

Preguntado si viene en representación de todos los Delincuentes o de un grupo de Delincuentes, responde que no, que viene por iniciativa propia, pero que el asunto que le trae a mi presencia es de interés general. Luego, advirtiendo la botella de Poully Montrâchet que al término de la cena ha quedado mediada sobre la mesa, me pide que le invite a una copa. Me niego hasta tanto no explicite el motivo de su visita y responde que no sólo no lo hará si no le invito a una copa de Poully Montrâchet, sino que propagará entre la tripulación y el pasaje que el comandante de la nave bebe Poully Montrâchet mientras los demás se ven obligados a beber agua pútrida con clorofila, en vista de lo cual accedo.

Tras haber paladeado la copa de Poully Montrâchet y de haber emitido ruidos guturales y exclamado «¡rico caldo, pardiez!», el llamado Garañón dice haber oído que la nave se dirige a la Estación Espacial *Fermat IV* y pide que le confirme este rumor, a lo que en principio me niego hasta tanto no me dé una razón válida por la que yo, en mi condición de comandante de la nave, deba satisfacer la curiosidad de un simple pasajero.

A esto responde que todos estamos «en la misma nave», en el sentido metafórico y también real del término, por lo que las decisiones de quien rige los destinos de dicha nave afectan a cuantos van en ella, y añade que si efectivamente nos dirigimos a

27

la Estación Espacial *Fermat IV*, se lo debo decir, puesto que dicha estación constituye un peligro cierto, como es bien sabido. Al decir «como es bien sabido» señala con el dedo la botella de Poully Montrâchet, aunque no sé si este gesto encierra algún significado concreto.

Decido ceder a sus argumentos y le confirmo que efectivamente he ordenado poner rumbo a la Estación Espacial *Fermat IV*, adonde espero arribar en breve, y le insto a que me explique en qué consiste el peligro al que se acaba de referir.

Responde que no lo sabe a ciencia cierta, pero añade que durante varios años trabajó como contrabandista al servicio de grandes empresas en varios circuitos interplanetarios y tuvo reiteradas ocasiones de oír historias concernientes a la Estación Espacial *Fermat IV*, según las cuales nadie que hubiera recalado por voluntad propia o en forma accidental en aquella Estación Espacial había salido con vida o, al menos, había salido indemne, por lo que tanto las naves autorizadas como las no autorizadas la evitaban escrupulosamente, aun cuando la Estación Espacial, en su condición de puerto franco, se había ofrecido en forma velada pero inequívoca como refugio de contrabandistas y fugitivos de la justicia.

Oída esta explicación le pregunto a qué venía señalar hace un rato con el dedo la botella de Poully Montrâchet y responde que no recuerda haberlo hecho. En cuanto a su relato, le respondo que difícilmente podemos soslayar la escala en la Estación Espacial *Fermat IV*, puesto que las provisiones alimentarias, por no hablar del depósito de agua pútrida, están a punto de agotarse, como él mismo ya debe de haber advertido. De todos modos, añado, tomaré en consideración su advertencia y consultaré el Astrolabio, cosa que debería haber hecho hace unos días, pero que he ido postergando por diversas razones que me niego a enumerar.

Miércoles, 7 de junio

A pesar de los malos informes que pesan sobre la Estación Espacial *Fermat IV*, a la que nos dirigimos con fines de avituallamiento, y previa consulta con los segundos de a bordo y el médico de a bordo, hemos decidido no alterar la ruta ni cambiar los planes, pues nuestra situación de carestía es insostenible y las advertencias, por el momento, imprecisas.

Mismo día por la noche

Debido a varios errores en el cálculo de derrota cometidos por el primer segundo de a bordo y a los efectos paradójicos de la zona helicoidal por la que navegamos, hemos estado a punto de colisionar con la Estación Espacial *Fermat IV*, adonde debíamos haber llegado dentro de dos o tres días. Para evitar un choque frontal que podía haber causado daños de consideración en el fuselaje de la Estación Espacial, así como la destrucción de la nave, he ordenado preventivamente soltar los balastos a fin de efectuar con más ligereza la operación de frenado y retroceso. De resultas de la desestabilización derivada de esta maniobra se han producido contusiones en el sector de los Ancianos Improvidentes.

Ahora los balastos flotan en el espacio a muy corta distancia de la nave. Si fueran atraídos por el campo gravitatorio de la nave podrían colisionar contra la propia nave y provocar averías de consideración e incluso su destrucción. Para conjurar este peligro ordeno la destrucción preventiva de los balastos.

Se efectúan varios disparos con torpedos de propulsión a hélice, pero ninguno da en el blanco por un error de cálculo balístico cometido por el segundo segundo de a bordo, a cuyo cargo está la artillería de la nave. Por fortuna, en el último momento, la masa gravitatoria de la Estación Espacial *Fermat IV* atrae hacia sí los balastos, que se alejan de la nave cuando estaban a punto de colisionar con ella y colisionan con el fuselaje de la propia Estación Espacial.

Antes de poder cursar una notificación formal de disculpa y explicación de los hechos fortuitos, la Estación Espacial efectúa por su parte y sin previo aviso varios disparos contra la nave sin que ninguno dé en el blanco.

Ordeno cursar una solicitud de alto el fuego y, acto seguido, la notificación formal de disculpa y explicación de los hechos fortuitos.

Al recibo de la conformidad y aceptación, solicito permiso para acoplar la nave y entrevistarme con la persona o personas a cuyo cargo esté el mando de la Estación Espacial y la administración y venta de sus bienes, dada la razón de nuestra presencia allí. Recibida respuesta afirmativa, doy orden de efectuar la maniobra de acoplamiento mañana a primera hora.

Aprovechando el intervalo, decido consultar de una vez el Astrolabio y salir de dudas respecto de la supuesta amenaza relativa a la Estación Espacial *Fermat IV*, pero cuando me dispongo a salir hacia la Cámara Estanca donde se halla el Banco General de Datos, comparece el mismo delincuente, de nombre o apodo Garañón, que vino a visitarme la víspera y, sin haber concertado previamente visita me dice que, puesto que vamos a entrar en la Estación Espacial *Fermat IV*, conviene tomar las máximas precauciones, para lo cual sugiere que distribuyamos armas entre los Delincuentes que viajan a bordo de la nave.

Le señalo que la tripulación de la nave ya las lleva de oficio y responde que la tripulación todavía está bajo los efectos de la resaca provocada por el consumo inmoderado de bebidas alcohólicas y otras sustancias tóxicas y que, en todo caso, abriga serias dudas acerca de la capacidad defensiva y ofensiva de la tripulación. Por contra, añade, los Delincuentes son personas avezadas en el manejo de las armas y habituadas a enfrentarse a circunstancias adversas y no previstas.

Le prometo ponderar sus razones, le ruego que vuelva al sector de los Delincuentes, donde debería estar recluido, y convoco a mi presencia al médico de a bordo, ya que tanto el primer como el segundo segundos de a bordo están ocupados en los preparativos de la operación de acoplamiento de la nave.

Cuando comparece el doctor Agustinopoulos, le expongo la propuesta de Garañón y le pido su parecer como médico de a bordo.

Responde que, en su condición de tal, conoce bien a los Delincuentes que viajan a bordo de la nave, por haber atendido durante el viaje a varios de ellos, por haberse ocupado de la sanidad preventiva de todos y por haberles proporcionado de extranjis bebidas alcohólicas y otras sustancias tóxicas, y que este conocimiento le lleva a desaconsejar la distribución de armas en dicho sector. En cambio, añade, se podrían distribuir armas entre algunos Ancianos Improvidentes, seleccionando de entre los que conservan la cabeza clara y el pulso firme aquellos que en épocas anteriores de sus vidas se hubieran ejercitado en el uso de las mismas, pues, debido al trato constante que tiene con ellos, le consta que entre los Ancianos Improvidentes hay ex militares, ex policías y otras personas de análoga condición.

Le encomiendo confeccionar una lista de estas personas y le ruego que las ponga al corriente de la situación para que sepan a qué atenerse con respecto al uso de las armas que les serán entregadas, y que las exhorte a no servirse de ellas en ningún caso sin orden expresa del comandante de la nave o de quien le represente.

Jueves, 8 de junio

Comparecen el primer y el segundo segundos de a bordo y me informan de que la operación de acoplamiento se ha efectuado en un tiempo superior a lo previsto debido a sucesivos errores de cálculo, pero que el acoplamiento ha sido completado con ligeros impactos en el fuselaje de la Estación Espacial y abolladuras de poca importancia en el casco de la nave.

A continuación comparece el doctor Agustinopoulos y dice que de resultas de las sacudidas y colisiones ocurridas durante la operación de acoplamiento, casi todos los Ancianos Improvidentes han sufrido contusiones, por lo que sólo dos de ellos se encuentran en condiciones de manejar un arma y añade que les ha sido entregado un mortero modelo howitzer de 9,5 pulgadas, así como seis granadas, escobillón, cureña y rampiñete.

Acto seguido me pongo en contacto de nuevo con la Estación Espacial y solicito autorización para entrar en ella en mi condición de comandante de la nave, con un número indeterminado de acompañantes. Al cabo de un rato el Gobernador de la Estación Espacial responde que concede gustoso la autorización, pero que ruega posponer el desembarco y la consiguiente ceremonia de recepción hasta esta tarde, como a segunda hora, porque ha estado siguiendo la operación de acoplamiento personalmente y se encuentra muy fatigado. Añade que ya no tiene edad para estos trotes y propone que el encuentro oficial se efectúe después de la siesta.

Doy mi conformidad a su propuesta y decido aprovechar el margen de tiempo que ésta nos otorga para elaborar un plan preventivo de defensa, pero tanto el primer como el segundo segundos de a bordo manifiestan estar también muy fatigados, por lo que decido dejar el asunto pendiente hasta la próxima reunión de mandos.

Cuando yo también me dispongo a tomarme un merecido descanso, resuena a bordo de la nave una terrible explosión. Acudo pistola en mano al lugar de los hechos y advierto que a los dos Ancianos Improvidentes seleccionados por el médico de a bordo se les ha disparado el howitzer en forma accidental. Por fortuna el mecanismo interno del proyectil estaba un poco oxidado, por lo que ha hecho implosión, sin causar más daños que una ligera abolladura en la parte interior del casco y la consiguiente alarma entre la tripulación y los pasajeros.

Amonesto a los causantes del incidente, que han salido ilesos, y les exhorto a no malgastar la munición. Se excusan diciendo que sólo estaban practicando para poder prestar un servicio eficiente llegada la ocasión. Uno de ellos es un hombre alto, enjuto, de tez amarillenta, nariz larga y acuosa y mirada vacua; el otro es bajo, adiposo, calvo y sin dientes. Ambos hablan y actúan con un aire marcial que inspira confianza. Ordeno poner el howitzer a buen recaudo hasta la mañana siguiente, distribuyo las guardias para la noche, mando al resto a dormir y me retiro, no sin antes haber redactado el presente y siempre grato Informe.

Viernes, 9 de junio

Todo a punto para efectuar el desembarco en la Estación Espacial *Fermat IV* a la que se encuentra acoplada la nave y donde espero obtener vituallas y otros productos de primera necesidad. En vista de las advertencias que aparecen en el Astrolabio acerca de dicha Estación Espacial y de los rumores que un pasajero de la nave dice haber oído, tal vez debería haber tomado algunas disposiciones defensivas, pero los acontecimientos se han precipitado y hasta el momento nada de lo ocurrido en mi trato con las autoridades de la Estación Espacial me permite sospechar que la acogida no vaya a ser amistosa, así como provechosa en lo concerniente al aprovisionamiento. En vista de lo cual inicio los preparativos para el desembarco, pero cuando me estoy poniendo el uniforme de revista reglamentario, comparece el delincuente que dice llamarse o apodarse Garañón diciendo que quiere hablar conmigo. Le señalo que para hablar con el comandante de la nave es preciso concertar previamente día y hora de la entrevista y le recuerdo que está confinado en el sector de los Delincuentes, del que no entiendo cómo puede haber salido sin autorización, tanto en esta ocasión como en las anteriores. Como me molesta que me vean a medio vestir, especialmente si están al descubierto mis extremidades inferiores, como ocurre en este momento, expongo lo que antecede en tono «colérico», dos puntos por encima de «firme» y dos por debajo de «como un energúmeno».

El llamado o apodado Garañón responde que no hay tiempo que perder en fruslerías y que si una expedición se dispone a entrar en la Estación Espacial, como le consta, él quiere participar en la misma por razones de seguridad, toda vez que las personas que la integran, empezando por el comandante de la nave, no le inspiran confianza en lo concerniente a la percepción y valoración de circunstancias anómalas, así como a la adopción y ejecución de medidas de urgencia.

Como efectivamente no es lugar ni ocasión de ponerse a discutir y como por otra parte ya me había negado anteriormente a su petición de entregar armas a los delincuentes en previsión de los peligros que puedan acecharnos en la citada Estación Espacial, accedo a su ruego de sumarse a la expedición, en el bien entendido de que deberá atenerse a mis órdenes suceda lo que suceda. La verdad es que su presencia no me incomoda, porque el llamado Garañón parece un hombre avispado, frío, resuelto y, llegado el caso, expeditivo. Asimismo, su presencia puede resultarnos útil si hay que cargar paquetes.

Acto seguido el llamado Garañón me pide que le proporcione un uniforme de tripulante de la nave, pues no le parece digno ni siquiera decoroso comparecer ante el Gobernador de la Estación Espacial con los harapos que ahora lleva, por cuyos desgarrones asoman en efecto partes de su anatomía, y que asimismo le proporcione un arma reglamentaria con carácter preventivo. Accedo a lo primero de buen grado y a lo segundo a regañadientes y se va en busca de los pertrechos ya mencionados.

Acto seguido, y antes de que me haya podido poner los pantalones de gala, comparece sin haber concertado día y hora de la entrevista la señorita Cuerda. Aunque las normas sobre confinamiento aplicables a las Mujeres Descarriadas son más laxas que las aplicables a los Delincuentes, no deja de sorprenderme la aparente facilidad con que la señorita Cuerda consigue quebrantarlas cuando se le antoja. Pero como el tiempo apremia, dejo para más adelante este asunto y le pregunto por el motivo de su presencia en mis aposentos privados, que califico de inapropiada, un punto por encima de «inoportuna» y uno por debajo de «comprometedora».

Responde que ha sabido de la inminente expedición al interior de la Estación Espacial y solicita formar parte de la misma como representante de su sector, pues se trata, al menos en su opinión, del más afectado por la escasez de algunos productos.

Deniego su solicitud por improcedente y ella me responde que acabo de acceder a una solicitud idéntica por parte de un delincuente, por lo que deberá considerar mi negativa como un acto de discriminación contra la Mujer. Como éste es un asunto insoluble y cada vez más enrevesado que se viene arrastrando desde hace varios siglos, prefiero acceder a su solicitud antes que verme envuelto en un expediente que, en el mejor de los casos, interferirá con mi demanda de jubilación anticipada con goce de pleno sueldo, cuya instancia sometí al

Comité de Evaluación antes de emprender este viaje. Por otra parte, y a fuer de sincero, la señorita Cuerda me parece una mujer inteligente, educada y afable, cuya compañía no me incomoda, aunque preferiría haber celebrado esta entrevista con los pantalones puestos. Asimismo, su presencia en el interior de la Estación Espacial puede resultar útil en el caso, harto improbable, de que haya baile.

La señorita Cuerda agradece mi autorización y pide que le sea proporcionado un uniforme de tripulante de la nave, pues la ropa que ahora lleva presenta descosidos y rasgaduras que dejan ver partes de su anatomía. Como en las entrevistas anteriores su ropa no presentaba ni descosidos ni rasgaduras, sospecho que ha sido ella misma quien los ha hecho con objeto de moverme a compasión, pero el momento no es propicio para discutir este asunto trivial, por lo que accedo a su ruego, advirtiéndole sin embargo de que la tripulación de la nave es exclusivamente masculina, por lo que dudo de que encuentre un uniforme adecuado a su talla y a sus formas, un punto por encima de «sinuosas» y tres por debajo de «opulentas». Responde que ya se arreglará con lo que haya, porque es muy hacendosa, y añade que también debe serle proporcionada un arma, como al resto de los componentes de la expedición, inclusive el llamado Garañón.

Respondo negativamente y antes de que pueda alegar trato discriminatorio de mi parte le muestro su historial codificado en el que figura subrayada la palabra «murder». Al verla hace amago de ruborizarse, pero de inmediato se ríe alegremente y dice que he cometido un graciosísimo error de transcripción, que el término cifrado no significa «murder» sino «moutarde» y proviene seguramente de cuando ella trabajaba en un programa de televisión dirigido a las amas de casa. El argumento es convincente, por lo que accedo a que le sea proporcionada un arma y le ruego que se vaya a pertrechar sin tardanza, porque están a punto de venir los demás miembros de la expedición y no querría que nos encontraran a solas en mis aposentos, ella con la ropa rasgada y yo sin pantalones.

En cuanto se va acabo de vestirme, me coloco los entorchados y acudo al puente de mando, donde se reúnen conmigo los demás integrantes de la expedición: el segundo segundo de a bordo, el doctor Agustinopoulos, un guardia de corps, un portaestandarte y los dos advenedizos ya citados, es decir, Garañón y la señorita Cuerda. En aparente cumplimiento de lo dispuesto por mí, Garañón se ha procurado un uniforme de coronel de carabineros. Me enojo y le reprendo, porque yo no le he autorizado a investirse de ninguna jerarquía y menos aún a colgarse condecoraciones, pero él alega no haber encontrado otras prendas de su talla y yo no le contradigo por falta de tiempo y para no empezar mal la expedición.

En cuanto a la señorita Cuerda, advierto con sorpresa que lleva un elegante vestido de cóctel de color granate, muy ceñido y escotado, que realza sus encantos a pesar de las cartucheras y los revólveres. Le pregunto de dónde ha sacado el vestido y responde que del ropero de la tripulación, pues algunos de sus miembros, en ocasiones señaladas, se valen de esos atavíos para aliviar el tedio de sus compañeros.

Como no hay tiempo para discutir, autorizo el uso de las prendas descritas y decido aplazar el análisis de la cuestión hasta la próxima reunión de mandos.

Atendiendo a los rumores sin duda infundados que circulan acerca de la peligrosidad de la Estación Espacial *Fermat IV*, ordeno apostar la artillería ligera junto a la escotilla a fin de evitar posibles sorpresas y, eventualmente, de cubrir la retirada de la expedición. Uno de los dos servidores de la batería, reclutados la víspera entre los Ancianos Improvidentes, no comparece porque, llevado de su celo, ha montado guardia junto al howitzer toda la noche y ahora no hay quien lo despierte, pero el otro, que parece bastante despejado para su edad, promete defender la posición hasta la última gota de su sangre.

Como ya pasan cinco minutos de la hora concertada, dispongo que empiece la operación de apertura de la escotilla.

Finalizada la operación de apertura de la escotilla, con veinte minutos de retraso sobre la hora prevista debido a varios errores de cálculo, transfiero oficialmente el mando de la nave, con carácter interino y no computable a efectos de escalafón, al primer segundo de a bordo, alias Tontito, hasta mi regreso de la expedición a la Estación Espacial *Fermat IV*, a cuyo andén exterior nos encontramos acoplados. Acto seguido, y de acuerdo con las normas de protocolo, ordeno al portaestandarte abandonar la nave. Al asomarse al exterior, una fuerte ráfaga de viento derriba al portaestandarte y le arrebata el pendón, que se pierde en forma irremediable en el vacío sideral.

Desde el interior de la Estación Espacial nos indican por megafonía que debemos utilizar las argollas dispuestas en forma equidistante a lo largo del fuselaje del andén exterior, pues la Estación Espacial está sometida a constantes tolvaneras. Asimismo nos recomiendan mantener los ojos cerrados y no respirar hasta encontrarnos en el interior de la dársena, debido a las partículas altamente tóxicas e irritantes arrastradas por el viento. Considero que deberían haber hecho estas advertencias antes, pero me abstengo de exponer esta opinión por no ser las circunstancias propicias para ello.

Siguiendo las instrucciones recibidas y no sin dificultad, accedemos a la dársena donde se encuentra el recinto de observación. Cerradas las compuertas del andén y efectuadas las observaciones sanitarias preventivas previstas por la ley, accedemos a un corredor que conduce a la sala de recepción, donde nos aguarda el Gobernador de la Estación Espacial en persona, acompañado de su séquito. Es un honor que sobrepasa lo establecido en las normas básicas de protocolo y que agradezco sinceramente en mi fuero interno.

El séquito del Gobernador está compuesto del Administrador General o Contralor, el Proveedor de Almacén, un Ingeniero de Máquinas, un Sanitario Diplomado y un Protonauta Honorario, que pronuncia el discurso ritual de bienvenida, al que respondo brevemente. La ceremonia se ve entorpecida en varias ocasiones por nuestro portaestandarte, al cual, habiendo inhalado por inadvertencia las partículas tóxicas del aire, sobrevienen accesos continuos de náusea espasmódica. Como las ya citadas partículas también son irritantes, el portaestandarte se halla asimismo aquejado de pérdida momentánea de la visión, lo que le impide determinar hacia dónde debe dirigir el vómito. Esto obliga al resto de los presentes a efectuar continuos desplazamientos, así como a abreviar los trámites.

Cumplidas las formalidades protocolarias, presento al Gobernador la lista por triplicado de nuestras necesidades, consistentes en víveres, agua, medicinas, artículos de tocador y diversos repuestos de orden técnico, entre los que figuran los balastos que se estrellaron contra el fuselaje de la Estación Espacial, quedando inservibles. El Gobernador firma la lista y entrega dos copias al Administrador General o Contralor, el cual entrega una de ellas al Proveedor de Almacén, quedándose él la otra para proceder al correspondiente escandallo. Acto seguido, y mientras se cursan las peticiones, el Gobernador me invita a tomar un piscolabis a su casa.

Mismo día por la noche

Heme aquí cómodamente instalado en casa del Gobernador, hombre fino, de una educación esme-

rada, chapado a la antigua y de una bondad sin lí-
mites. Sin duda todo cuanto dicen que se ha dicho
sobre la Estación Espacial *Fermat IV* pertenece al
pasado o es un error de apreciación o, simplemente, un infundio. Convencido de ello y a ruegos del
Gobernador, he ordenado a todos los miembros de
la expedición que entreguen las armas que porta-
ban, pues causaban mal efecto. La orden ha sido
cumplida de mala gana, incluso con resistencia de
palabra y obra por parte del llamado Garañón, a
quien he amenazado con devolver a la nave si volvía a poner mi autoridad en entredicho delante del
Gobernador y de las autoridades administrativas
de la Estación Espacial y a llamarme «berzotas».
También he tenido que imponerme a la hora de
distribuir los alojamientos. El llamado Garañón
quería compartir camarote con la señorita Cuerda,
pero ésta se ha negado en redondo y ha dicho que
sólo compartiría camarote con el doctor Agustinopoulos, el cual, por su parte, se empeñaba en compartir camarote con el llamado Garañón o, en su
defecto, con el segundo segundo de a bordo. Finalmente he dispuesto que el doctor Agustinopoulos
durmiera con el portaestandarte, cuyos vómitos
parecen ir menguando en intensidad y empieza a
recobrar la visión de un ojo, pero cuya condición
de enfermo justifica el aparejamiento. El segundo
segundo de a bordo y Garañón dormirán en el camarote contiguo y la señorita Cuerda en un camarote individual que el Gobernador ha tenido a bien
habilitar en su propio domicilio, donde yo también
me alojo. Conforme al protocolo, me ha sido asig-

nada la habitación de visitantes ilustres, que dispone de sanitario, palangana y piltra, auténticos lujos en un lugar donde reina una austeridad un punto por encima de «monacal» y dos por debajo de «cuartelera». En cuanto al guardia de corps, cuya misión consiste en proteger la integridad física del comandante de la nave incluso con riesgo de la suya, he dispuesto, toda vez que su presencia en la Estación Espacial es de todo punto innecesaria, que regrese a la nave a informar al primer segundo de a bordo de la buena marcha de la expedición y transmitirle mi orden de desactivar las defensas de la nave y licenciar a los servidores del howitzer. Estas medidas han sido muy del agrado del Gobernador, que ha visto en ellas una justa reciprocidad a sus desvelos por hacernos la estancia agradable y productiva. Además, no había otra forma de establecer contacto con la nave, porque, de resultas de las constantes tolvaneras, las comunicaciones con el exterior han quedado interrumpidas.

El Gobernador de la Estación Espacial *Fermat IV* es hombre de avanzada edad, se llama Propercio Demoniaco, alias Flan de Huevo, y desciende de una ilustre familia de Lesotho, en cuya universidad cursó estudios de ciencias políticas y económicas. En su juventud debió de ser de aventajada estatura, atlético de constitución y agraciado de facciones, pero los años han encogido su esqueleto, apergaminado su piel, abotargado sus rasgos y mermado su apostura. En la actualidad su aspecto es de una pelota vieja y deshinchada, anda arrastrando los pies y tropezando con muebles y perso-

44

nas y el brillo otrora brioso de su mirada ha sido re-emplazado por una vacuidad turbia rayana en la idiocia. Su trato, como ya he dicho, es exquisito y su conversación, amena e instructiva.

Concluida la cena con que me ha obsequiado, el propio Gobernador, hombre afable, aunque algo embotado por la edad, la poltronería y el consumo habitual de bebidas alcohólicas tan malas como las que me ha ofrecido en el curso de la cena, me confía la triste historia de su vida.

Según su propio relato, el Gobernador inició su carrera en la Administración Interplanetaria bajo los mejores auspicios, pero al cabo de unos años, debido a una serie de suspicacias y malentendidos del todo ajenos a su voluntad, cayó en desgracia con la camarilla que a la sazón controlaba la compleja trama de la burocracia y fue destinado a la Estación Espacial *Fermat IV*, un puesto alejado de las principales rutas y, por este motivo, de cualquier posibilidad de ascenso o de enriquecimiento. En la Estación Espacial no había nada que hacer, salvo paliar su inexorable deterioro y mantener la moral de unos habitantes cada vez más desalentados y más proclives a la molicie y la corrupción. En estas circunstancias, naturalmente, la existencia no le había resultado placentera ni estimulante, por lo que al cabo de un tiempo él mismo se había hundido en una verdadera ciénaga de molicie y corrupción. Al principio había luchado contra la apatía inherente al lugar y al cargo, había procurado mantener vivos sus intereses culturales e intelectuales e incluso había tratado de aliviar la soledad

45

fundando una familia. Pero todos sus esfuerzos resultaron vanos. Incluso para contraer matrimonio hubo de recurrir a un servicio de proveeduría, de donde le enviaron una mujer con un oscuro pasado, analfabeta y llena de chancros, aunque no exenta de encantos personales y bondad de corazón, de la que acabó enamorándose y de cuya pérdida, debida a un trágico accidente, nunca pudo recuperarse.

De aquel matrimonio había nacido una hija a la que el Gobernador, después de enviudar, había enviado a estudiar a la Tierra. Una vez concluidos sus estudios con brillantez, la hija del Gobernador se había casado con un joven aristócrata de cuantiosa fortuna y se había quedado a vivir en Honduras. Con esta hija, a la que el Gobernador adoraba, había ido perdiendo contacto con el transcurso del tiempo, al parecer por desinterés o desidia de ella. En la actualidad toda la relación entre padre e hija se limitaba a una correspondencia esporádica y en extremo lacónica.

Por todo lo expuesto, el Gobernador pasaba ahora los años haciendo su trabajo con la máxima indolencia, a la espera de la jubilación. Incomunicado con el espacio exterior a causa de las tolvaneras, su único entretenimiento consistía en comer féculas y en ver vídeos, de los cuales había adquirido en su momento un amplio lote en el mismo servicio de proveeduría que le proporcionó esposa. Pero incluso estos vídeos habían sufrido el implacable efecto del tiempo y en la actualidad sólo se podían oír y ver dos: una película dramática titula-

46

da *La Pensión Bahía* y un documental titulado *Tifus*, con música de Donizetti.

El amargo relato del Gobernador, aunque poco o nada tiene que ver con mis circunstancias personales ni con el rumbo de mi vida, igualmente errático y malogrado, pero por distintas razones, me ha acabado produciendo una invencible desazón. Mientras redacto este grato Informe he de interrumpir de cuando en cuando la redacción para enjugarme los ojos y la nariz.

Cuando ya me dispongo a dormir me parece oír gemidos procedentes de la alcoba del Gobernador, cercana a la mía. Al cabo de un rato oigo un extraño ruido, como si un berbiquí horadase una plancha de metal, seguido de frases entrecortadas y rumor de pasos. También me ha parecido que alguien llamaba sigilosamente a mi puerta y daba calladas voces como en demanda de auxilio. Sin duda son imaginaciones mías, fruto de mi ánimo conturbado, por lo que decido no tomarlas en consideración.

Sábado, 10 de junio

A la hora del desayuno, aprovechando que mi asiento en el refectorio linda con el del doctor Agustinopoulos, le comento en voz baja, procurando no ser oído por los restantes comensales, lo sucedido la noche anterior y le pregunto si también él ha tenido figuraciones. Cuando empieza a darme unas explicaciones algo confusas, como si no qui-

47

siera hablar del tema o como si, debido a su sordera, no hubiera entendido bien mi pregunta, es bruscamente interrumpido por el Gobernador, que preside la mesa en su doble condición de anfitrión y de primera autoridad en la Estación Espacial *Fermat IV*, el cual, sin previo aviso, se pone en pie y, derribando su propia silla y el tazón de féculas, abandona el refectorio con la cara oculta entre las manos y exclamando entre sollozos: «¡No puedo más! ¡No puedo más!»

Este hecho me sorprende, por cuanto yo tenía al Gobernador por hombre circunspecto y lánguido, enemigo de gestos melodramáticos, y más cuando nada de lo dicho o hecho hasta el momento parece justificar semejante reacción, salvo los episódicos accesos de vómito verde de nuestro portaestandarte, que ha sufrido una recidiva en su indisposición. No obstante, como nos espera un día de trabajo largo y arduo, decido pasar por alto el desaire del Gobernador y aprovecho su ausencia para distribuir las actividades de la jornada entre los miembros de la expedición.

Mismo día por la noche

La opinión negativa del Gobernador con respecto a la Estación Espacial *Fermat IV* está plenamente justificada por la realidad. Construida a finales del siglo antepasado, la Estación Espacial adolece de todos los defectos del diseño industrial japonés de la época: abuso de materiales sintéticos, fragilidad de los ensamblajes, ordinariez de los acabados, estética abigarrada y graves deficiencias en el sistema de ventilación y eliminación de excretas. Un error de origen en el cálculo de fuerza gravitacional provoca las intensas tolvaneras a las que ya he hecho referencia. Como el fuselaje de la Estación Espacial es de aleación de asbesto, que se disgrega continuamente, las tolvaneras son pulverulentas, lo que impide salir al exterior. Todo esto, unido a los efectos evidentes de un largo período de abandono, hace que toda la Estación Espacial sea un lugar oscuro, sucio, insalubre, apestoso y carente de cualquier atisbo de comodidad o regalo. Las paredes y pilastras rezuman grasa, en los corredores se apila la basura, revolotean detritus y abundan las alimañas voladoras y reptantes. Como es natural, la población de la Estación Espacial acusa su entorno. Las mujeres son feas, rehúyen la higiene, visten con desaliño, usan expresiones procaces en el hablar y desdeñan sin miramientos las insinuaciones que se les hacen, como si no les interesase el dinero. Los hombres son esquivos y propensos a la violencia verbal y física, y, al igual que las mujeres, responden a las proposiciones con repugnancia y desdén.

Por supuesto, el sombrío panorama que acabo de describir me traería sin cuidado si la operación de avituallamiento, objeto de nuestra estancia en este aciago lugar, se estuviera llevando a cabo de un modo satisfactorio, pero por desgracia no es así. Después de una porfiada y áspera negociación entre el segundo segundo de a bordo por una parte y

el Administrador General o Contralor y el Proveedor de Almacén por la otra, aquél me informa de
que ha conseguido adquirir dos depósitos enteros
de agua semipútrida y cinco fanegas de dos tonas
cúbicas cada una de cascagüeses, un híbrido sintético de legumbre y fruto seco de alto valor nutriti-
vo pero de sabor insípido y muy difícil digestión,
todo ello a un precio exorbitante. Tampoco las medicinas que necesitamos están a la venta, y otro
tanto sucede con los repuestos mecánicos. Seguir
insistiendo es inútil, porque, al parecer, los almacenes de la Estación Espacial están vacíos o poco
menos.

Con estas provisiones tal vez podríamos alcanzar la Estación Espacial más próxima, pero este régimen alimentario, en opinión del doctor Agustinopoulos, a quien he consultado al respecto, afectaría
gravemente la salud de los tripulantes y pasajeros
de la nave. Según cálculos del doctor, se morirían
la mitad de los Ancianos Improvidentes y todas las
Mujeres Descarriadas sufrirían trastornos metabó-
licos.

Como ante esta adversa contingencia no sé qué
hacer, aplazo cualquier decisión y voy en busca de
la señorita Cuerda. Si ésta hubiera obtenido los
productos cosméticos que necesita, se podría paliar
la magnitud del desastre o al menos evitar que las
quejas llegasen a conocimiento del Comité de Evaluación antes de que éste falle sobre mi demanda
de jubilación anticipada.

Encuentro finalmente a la señorita Cuerda y le
ruego me informe sobre el tema ya citado, pero la

señorita Cuerda rehúye la cuestión. Parece agitada y al preguntarle si también ella durmió mal anoche me responde que ha de hablar conmigo de un asunto espinoso urgentemente y a solas, por lo que esta misma noche acudirá a mi habitación en cuanto acabe la cena. Asimismo me insta a ser discreto con respecto a su visita y a cuanto pueda derivarse de ella.

La proposición de la señorita Cuerda no me desagrada en modo alguno, pero me plantea un serio dilema de índole ética y reglamentaria. En mi condición de comandante de la nave, no puedo dejar plantado al Gobernador en la sobremesa sin una excusa verosímil, que por el momento no se me ocurre.

Mismo día por la noche

El problema protocolario se ha resuelto por sí solo y del modo más inesperado, pues ha sido el propio Gobernador quien a los postres, alegando un repentino malestar y presentando mil excusas, se ha retirado. Su actitud ha vuelto a sorprenderme, ya que se había pasado la cena entera llorando con desconsuelo, lo que me había hecho suponer que al término de la misma desearía desahogarse conmigo refiriéndome sus cuitas.

Aprovechando la circunstancia he vuelto a mi habitación, me he aseado, he redactado el grato Informe del día y he corregido algunos errores ortográficos y sintácticos que se habían deslizado en los anteriores. Luego, como transcurrieran lentamente los minutos sin novedad, he descabezado un ligero sueñecito, del que me ha sacado el suave contacto de una mano en mi hombro. Llevado de un impulso súbito, me he levantado y la he abrazado susurrando en su oreja «criatura celestial», «polvo de estrellas» y otras expresiones de índole similar, demostrativas de ternura pero compatibles con mi dignidad de comandante, hasta que la percepción de un cuerpo fornido, un rostro hirsuto y un aliento vinoso me han indicado que no estrechaba entre mis brazos a la señorita Cuerda sino al llamado Garañón, el cual ha respondido a mi arrebato instándome a dejarlo para mejor ocasión.

Le pregunto por la razón de su presencia no autorizada en mi habitación a esta hora intempestiva, y responde que debe informarme de algo urgente y de vital importancia.

Le insto a rendir su informe y dice que en el día de hoy, al término de la jornada laboral en la dársena, habiendo entablado relaciones de camaradería con varios estibadores de la misma, fue con ellos a un figón donde degustaron una cena pantagruélica y liquidaron varias botellas de un vino sintético que nada tenía que envidiar, según Garañón, a mi Poully Montrâchet. Al término del ágape, y consolidada una estrecha amistad entre los presentes, los estibadores revelaron a Garañón que la Estación Espacial disponía de abundantes reservas de alimentos frescos y salutíferos, así como de medicinas y de cualesquiera otros productos que pudiéramos necesitar o apetecer, pues dicha Estación

Espacial no sólo era un refugio de contrabandistas, como el propio Garañón me había insinuado antes del desembarco, sino también de piratas y otros depredadores del espacio interplanetario.

Esta revelación sorprendió mucho a Garañón. Si la Estación Espacial estaba tan bien abastecida de mercaderías y su *modus vivendi* consistía en mercadear con ellas, ¿por qué se negaban a vendérnoslas?

A esta pregunta los estibadores respondieron diciendo que después de un largo período de latrocinio, la Estación Espacial tenía dinero en exceso, sobre todo porque allí, como el propio Garañón había podido comprobar, no había en qué gastarlo. Y como todos los habitantes de la Estación Espacial, en mayor o menor grado, tenían cuentas pendientes con la justicia, no era cosa de transferir los ahorros a otra parte, y mucho menos a la Tierra, donde serían decomisados tan pronto se averiguase su procedencia.

Ahora bien, añadieron los estibadores dirigiendo a Garañón lo que éste calificó de «guiño de complicidad», los propios estibadores, en connivencia con sus jefes, incluido el Administrador General o Contralor, el Proveedor de Almacén y tal vez el propio Gobernador, estarían dispuestos a proporcionarnos las mercaderías a un costo razonable si nosotros, a cambio, partíamos dejando en la Estación Espacial a la señorita Cuerda, cuya presencia aquel mismo día en la dársena había provocado su ardimiento.

A esta sorprendente propuesta respondió Garañón que «a la vista del percal», entendía la actitud de los estibadores y de las autoridades y que el trato le parecía justo, pero que él no podía dar luz verde a la transacción sin la conformidad del comandante de la nave. Y ésta era la razón por la que había venido a visitarme a una hora tan intempestiva.

Cuando Garañón acaba de rendir su informe, considero lo expuesto y finalmente llego a la conclusión de que nos conviene aceptar la oferta de los estibadores, tanto desde el punto de vista práctico como legal, pues el comandante de una nave es responsable de la integridad física de sus tripulantes y pasajeros, la cual, de no aceptar la oferta de los estibadores, se vería negativamente afectada a causa de una dieta deficiente, carencia de medicinas y otras privaciones, en tanto que, de aceptar la oferta de los estibadores, se solucionarían estos problemas sin que nada haga pensar que la integridad física ni moral de la señorita Cuerda vaya a resultar afectada por el trueque.

En vista de lo cual doy mi conformidad.

Tras una pausa reflexiva, Garañón, en un tono algo imperioso que en circunstancias normales rozaría la falta de respeto, pero que en este caso atribuyo a la necesidad de síntesis y, en consecuencia, paso por alto, me indica las medidas que debo tomar en mi condición de jefe de la expedición, y que consisten en lo siguiente: esta misma noche, Garañón, acompañado del segundo segundo de a bordo y del doctor Agustinopoulos, acudirá a los almacenes de la dársena, donde, previamente avisados, les estarán esperando los estibadores para proceder a la selección de las mercaderías y su traslado al lugar de fletamiento, mientras el portaestandarte acude a la nave y comunica mis órdenes de disponerlo todo a fin de cargar las mercaderías y partir con celeridad, para lo cual la tripulación deberá estar en sus puestos y los motores calientes. Hecho lo cual, yo me personaré en la dársena acompañado de la señorita Cuerda para proceder al pago de las mercaderías y el trueque convenido. Una vez concluida esta operación en forma satisfactoria, se procederá a la estiba de las mercaderías con la máxima celeridad. De este modo la nave estará lista para el despegue antes del amanecer y, salvo error en las maniobras de despegue, fuera del campo gravitacional de la Estación Espacial para cuando los habitantes de ésta se percaten de lo sucedido.

No entiendo por qué hay que hacer las cosas con tanta prisa y tanto sigilo si todas las partes están de acuerdo y así lo hago constar, pero Garañón responde que este tipo de operaciones siempre se hace así, con la mayor brevedad y «a la chita callando». Y añade que cuanta menos gente esté «en el ajo», mejor.

El plan me parece bueno y los argumentos de Garañón también, por lo que, en virtud de las atribuciones que me confiere el cargo, dispongo que se ejecute lo acordado, para lo cual Garañón parte al instante.

Me había vuelto a quedar dormido ponderando este dilema, cuando sonaron unos golpes en la puerta de la habitación.

Me levanté y acudí a la llamada. En la oscuridad del corredor, infestado de alimañas, distinguí la silueta inconfundible de la señorita Cuerda. La insté a entrar de modo expeditivo y sigiloso y cerré la puerta tras asegurarme de que nadie había presenciado la operación. Acto seguido y habiendo advertido el estado de gran agitación en que se hallaba la señorita Cuerda, le dije que no debía temer nada, pues su presencia en mi habitación, así como cuanto pudiera derivarse de ella, estaba autorizada por mí y así pensaba hacerlo constar en mi grato Informe. Esto pareció tranquilizarla un poco.

Sólo entonces, resuelta la engorrosa faceta oficial de la reunión, reparé en que la señorita Cuerda ya no llevaba el vestido que se había procurado en el ropero de la tripulación, sino un sucinto camisón transparente adornado de encajes y cintillas, bajo el cual se podían advertir sin esfuerzo dos minúsculas prendas de lencería fina, de lo cual, pese a no haber sido autorizado por mí este ajuar antirreglamentario, me alegré, pues el efecto que producía en el ánimo del espectador indudablemente habría de facilitar el trueque propuesto por los estibadores, aunque por gentileza me abstuve de hacérselo saber.

Sin embargo, la señorita Cuerda, advirtiendo la dirección e intensidad de mi mirada e interpretando erróneamente la índole de mis pensamientos, se apresuró a excusarse por el atuendo antirreglamentario, alegando que poco antes, mientras ella estaba en la ducha, alguien había entrado en su camarote y sustraído su ropa, dejando en su lugar las prendas interiores y el camisón con que ahora se veía obligada a cubrirse siquiera de modo escueto, como yo mismo sin duda no habría dejado de advertir.

Acto seguido, habiéndose sentado la señorita Cuerda por indicación mía en el borde de la piltra, y antes de que, según ella misma me había anunciado por la tarde, comenzara a referirme la causa de su desasosiego, decidí abandonar el plan que previamente me había trazado con objeto de entretener la espera y que consistía en contarle la historia de la Academia de Mandos de Villalpando, y me abalancé sobre ella en ejercicio de las prerrogativas propias de mi cargo, venciendo la tenue resistencia protocolaria que ella consideró adecuado oponer a mi arrebato y, en resumidas cuentas, emplear aquel enojoso lapso en una acción que, dejando de lado la modestia, yo situaría un punto por encima de «mediana», aunque siete por debajo de «memorable». Tras lo cual habría procedido a poner en práctica la segunda parte de mi plan de no haberme quedado ligeramente dormido de resultas de la hazaña.

Cuando desperté, la señorita Cuerda ya no se encontraba en la habitación. Habría seguido durmiendo, pero recordé la cita en la dársena, a la que no podía faltar ni mucho menos comparecer sin la señorita Cuerda. Salté de la piltra, me vestí apresuradamente y salí al corredor en seguimiento de la fugitiva.

Llevaba recorridos varios pasillos y perdido por completo el rumbo de mis pasos, cuando oí otros que precipitados se acercaban en dirección a mí. Me oculté en un rincón oscuro y pronto vi aparecer a la señorita Cuerda en camisón, perseguida por el Gobernador de la Estación Espacial en albornoz. Ambos corrían o, a los ojos de un observador imparcial, hacían simulacro de correr, porque ella calzaba chinelas de tacón alto y el Gobernador unas chancletas descosidas, y el suelo, por falta de atenciones, era a ratos resbaladizo y a ratos adherente y en todo momento cochambroso. Esto me permitió hacerme una composición de lugar e improvisar un plan de ataque seguro y eficaz que consistía en lo siguiente:

Al pasar junto a mí la señorita Cuerda, salí del escondrijo, me abalancé sobre ella como había hecho poco antes en mi habitación y le propiné un fuerte golpe con la cabeza en el esternón. Quedó ella inconsciente en el suelo y el Gobernador frenó al punto su carrera, sobresaltado por mi imprevisible e intrépida intervención. Titubeó un instante, dio media vuelta y salió en dirección contraria renqueando y jadeando y repitiendo su lastimera cantinela: «¡No puedo más! ¡No puedo más!»

Compadecido del pobre Gobernador, consideré la conveniencia de darle alcance y explicarle la razón de mi conducta, pero no había tiempo que perder si no quería echar por tierra la operación de trueque.

Até las manos de la señorita Cuerda a su espalda con los entorchados de mi casaca y con las cintillas del camisón le anudé una soga al cuello que me permitía controlar sus movimientos tirando del otro extremo.

Al término de esta operación recobró el conocimiento la señorita Cuerda y se encontró sujeta como he dicho. La tranquilicé diciéndole que gracias a mi intervención se encontraba a salvo de la persecución del avieso Gobernador. Respondió que le parecía haber «salido de la sartén» para «caer en las brasas» y preguntó que adónde pretendía llevarla maniatada y como en cuerda de presos.

Tirando de ella para no llegar con excesivo retraso a la cita con los estibadores y no viendo motivo alguno para ocultarle la verdad, aproveché el trayecto para ponerla al corriente de la situación. Cuando la hubo oído no se mostró comprensiva.

Traté de hacerle ver lo ventajoso de la transacción para muchos a costa del sacrificio de uno solo y prometí exigir a los estibadores garantía escrita de que sería tratada con respeto y deferencia, pero estos argumentos no le parecieron lo bastante persuasivos, pues se dejó caer al suelo y abrazando mis rodillas me rogó que no la abandonase en aquella Estación Espacial donde sólo cosas malas podían ocurrirle. Acto seguido apeló a mi condición de comandante y, por si esto no resultaba convincente, apeló luego a la especial relación personal que siempre había creído detectar entre nosotros dos y que había cristalizado hacía un rato en mi habitación, donde ella había accedido sin excesiva oposición a mis muestras de estima, convencida de estar sellando un vínculo inquebrantable.

Es posible que hubiera algo de razón en sus palabras, pues me llegaron al corazón y acto seguido, contraviniendo mis costumbres y las prerrogativas de mi cargo, confesé profesar también hacia ella una inclinación distinta a las que suelen darse entre comandantes y pasajeros de una nave espacial. Esto, sin embargo, no resolvía el dilema planteado, pues si bien estaba dispuesto a no abandonar a la señorita Cuerda en manos de los estibadores, tampoco podía renunciar a unas mercaderías de las que dependía la supervivencia de las personas confiadas a mi cargo. De modo que le rogué que aceptara la realidad y se prestara al juego por el momento y también que confiara en mí, pues trataría de buscar una salida alternativa que satisficiera a todos los implicados.

Algo más conformada con mi promesa, proseguimos la marcha en silencio hasta llegar a la dársena con sólo veinticinco minutos de retraso sobre la hora convenida. Allí se nos ofreció a la vista el siguiente espectáculo: a la luz de cuatro potentes reflectores se afanaba una docena de estibadores bajo la supervisión de mi segundo segundo de a bordo y del doctor Agustinopoulos. No había rastro de Garañón y tampoco del portaestandarte, que, según lo previsto, debía estar ya en la nave transmitiendo a la tripulación mis órdenes concernientes a la estiba de las mercancías y a la rápida partida de aquel siniestro lugar.

Cuando me vieron entrar en la dársena llevando a rastras a la señorita Cuerda, los estibadores que cargaban las mercaderías en un antiguo carromato de superficie de los llamados «a ventosas magnéticas» interrumpieron por unos instantes su esforzada tarea y prorrumpieron en gritos, silbidos y otros gestos similares expresivos de su ruda y primordial satisfacción, hasta que los sacó de su alborozado ensimismamiento el restallar de un látigo y una voz imperiosa que a través de un megáfono exclamaba: «¡A trabajar, bergantes!»

El aspecto externo y la actitud de aquellos individuos me hicieron pensar que tal vez los temores de la señorita Cuerda no carecieran de fundamento. Sin embargo, y a falta de una idea mejor o, simplemente, de una idea, seguimos avanzando hasta llegar junto al carromato.

Mientras proseguía la operación de carga sin más interrupciones, el doctor Agustinopoulos, que había acabado el trabajo de seleccionar las medicinas necesarias y otros productos químicos destinados a sus fines particulares y supervisado su embalaje y colocación en el interior del carromato, vino a mi encuentro y manifestó en voz baja que la intención de aquella caterva de hombrones tan macizos le daba mala espina y que la situación distaba de ser clara. Me abstuve de responder y le indiqué con un ademán discreto pero imperioso que aplazase sus juicios para mejor ocasión.

Al cabo de un rato concluyeron los estibadores la operación de carga de las mercaderías en el carromato y volvió a oírse la voz que mediante un megáfono les había increpado antes, ordenando ahora que fueran abiertas las compuertas que comunicaban la dársena con el andén exterior de la Estación Espacial, donde se encontraba la nave, a fin de proceder a la operación de estiba propiamente dicha.

Se abrieron lentamente las compuertas y por esta abertura y a través de la intensa tolvanera pulverulenta pudimos ver la nave, con las luces de posición encendidas y las escotillas abiertas para recibir las mercaderías. Entonces salió del interior del almacén un individuo vestido con un quimono negro, en cuyos rasgos reconocí al Administrador General o Contralor de la Estación Espacial *Fermat IV* que había acudido a recibirnos a nuestra llegada y a quien entonces hice entrega de la lista de artículos de primera necesidad. Su presencia en aquel lugar me inquietó mucho, porque supuse que había sido avisado de que allí se procedía a un trueque ilegal a espaldas de las autoridades de la Estación Espacial y que acudía al punto a interrumpir la operación y a anularla y quién sabe si a imponer una sanción a las partes contratantes. Pero este temor se vio pronto disipado, pues el Contralor vino derechamente a mi encuentro, me abrazó y con la más meliflua de las sonrisas me mostró el escandallo confeccionado por él a partir de la lista de nuestros requerimientos, así como los albaranes correspondientes a las mercaderías adquiridas y me rogó que verificara las partidas, así como sus precios y aranceles, y que estampase mi firma y sello en los correspondientes casilleros si los encontraba conformes.

Entonces recordé lo que me había dicho Garañón acerca de la probable complicidad de las autoridades administrativas de la citada Estación Espacial en los negocios irregulares que allí se llevaban a cabo con ánimo de lucro y trueque de personas, y pensé que tal vez no anduviera desencaminado. De modo que cumplimenté y firmé la documentación que me presentaba el Contralor y se la devolví para que procediera a asentarla en sus archivos. Luego añadí que le confiaba a la señorita Cuerda en el convencimiento de que la trataría con el respeto y la consideración debidos.

A continuación me dirigí a la señorita Cuerda para desearle una feliz estancia en aquella Estación Espacial. Lamentaba tener que prescindir de su compañía y estaba seguro de que también ella lamentaba quedarse sin la mía, pero le recordé que al fin y al cabo el objetivo global de nuestra misión era reubicar a los pasajeros fuera de la Tierra y que ella había tenido la suerte de encontrar un nuevo hogar a las primeras de cambio, con lo que se ahorraba el tedio y las incomodidades de la navegación.

Con esto di por concluido el negocio y estaba buscando unas frases de cortesía para despedirme del amable Contralor, cuando éste, sin previo aviso, me mostró los formularios que yo acababa de firmar y me dijo que él, en ejercicio de sus funciones, presentaba denuncia contra mí y contra toda la tripulación de la nave por adquisición de artículos de contrabando, como se desprendía de los documentos que yo mismo acababa de firmar y sellar en reconocimiento del citado delito, de todo lo cual informaría debidamente por vía oficial a las autoridades interplanetarias competentes. Y añadió que hasta tanto estas autoridades no hubieran instruido sumario y fallado el caso, se incautaba de las mercaderías objeto de la presente denuncia, así como del dinero dispuesto para su pago y de la señorita Cuerda, la cual, según dijo haber oído, formaba parte de la compraventa, y disponía que tanto yo como los demás mandos de la nave, el doctor Agustinopoulos y la totalidad de la tripulación, fuéramos encerrados preventivamente en los calabozos de la Estación Espacial.

Dicho esto, dio orden a los estibadores de que devolvieran el carromato al almacén con objeto de ser precintado como medio de prueba en el juicio y que fueran cerradas las compuertas de la dársena y cortada toda comunicación con la nave, a la que se sometería a asedio de acuerdo con el procedimiento habitual. La situación, tal como había insinuado el buen doctor Agustinopoulos, empezaba a complicarse, habiendo alcanzado nueve grados por encima de «difícil» y sólo uno por debajo de «espeluznante».

Acto seguido y sin duda temiendo de mi parte una reacción proporcionada a la gravedad de los sucesos y en todo caso heroica, el avieso Contralor extrajo de las holgadas mangas de su quimono una pistola con la que me apuntó directamente a la casaca. Luego, con la otra mano, me arrebató el cabo de la soga cuyo extremo opuesto se encontraba anudado al cuello de la señorita Cuerda y tiró de ella.

Respondió la señorita Cuerda a este trato infamante diciendo que ella no se dejaba llevar sino por quien ella misma decidía, conforme a su arbitrio, y exigiendo que la soltara de inmediato, que revocara la orden de detención contra ella y contra los miembros de la expedición y que dejara de apuntarme con aquella pistola.

Respondió el avieso Contralor a estas palabras con una sonrisa sardónica y libidinosa y masculló que ya le enseñaría él a tratar a sus nuevos amos con la sumisión debida, añadiendo a estas palabras amenazadoras el vejatorio trato de «monada». Entonces la señorita Cuerda, que hasta aquel momento había simulado llevar todavía las manos atadas a la espalda, levantó la derecha hacia la cara del Contralor, como si quisiera señalarle con el dedo para afearle su conducta. Pero en la mano de la señorita Cuerda había además del dedo una pistola de reducido tamaño, que la señorita Cuerda disparó con rapidez, frialdad y precisión, acertando al Contralor entre los ojos, con lo que éste dejó caer su propia pistola y se derrumbó con la sonrisa sardónica y libidinosa todavía pintada en los labios. ¡Caramba con la señorita Cuerda!

Repuestos de su estupor inicial, los estibadores nos rodeaban con aire amenazador, y tal vez nos habrían agredido si la pistola de la señorita Cuerda y su probada habilidad y desparpajo no los hubieran mantenido a raya.

Acto seguido tomó la señorita Cuerda el cabo de la soga que el Contralor había soltado en su caída y me lo entregó, devolviéndome con este acto simbólico la autoridad que me había sido temporalmente arrebatada.

Iba a hacer uso de esta autoridad para pactar con los estibadores una rendición honrosa, cuando distrajo la atención de todos los presentes una fuerte detonación procedente del carromato, cuyo conductor, que siguiendo las instrucciones póstumas del difunto Contralor había empezado a maniobrar para devolver vehículo y mercancías al almacén, salió despedido de la carlinga en varios pedazos y acompañado de un surtidor de sangre y vísceras.

Antes de que pudiéramos hacernos cargo de lo sucedido, apareció al volante del carromato Garañón, en cuyas manos aún humeaba una escopeta de cañón recortado, de lo que dedujimos que había sido él el autor de la detonación y el causante del desmembramiento del pobre conductor.

Pensé que esta vez la situación estaba a punto de escapárseme de las manos.

Por fortuna, el segundo segundo de a bordo y el doctor Agustinopoulos, que estaban a mi lado, me sugirieron a gritos que al amparo de la confusión reinante corriéramos hacia el carromato, que Garañón estaba haciendo girar de nuevo para dirigirlo hacia las compuertas de la dársena.

Di mi autorización a esta propuesta y corrimos los tres hacia el carromato, seguidos a corta distancia de la señorita Cuerda, que amenazaba con su pistola a los estibadores y les decía que «a ver quién era el guapo» que se atrevía a dar un paso al frente. De este modo alcanzamos el carromato sin contratiempo y subimos a él sin dificultad, porque debido al vetusto sistema de tracción a ventosas, se movía con lentitud exasperante, sobre todo para quien trata de huir de una encarnizada persecución.

La situación distaba de ser halagüeña, pues si bien los sucesos referidos se habían producido con gran celeridad, cuando llegamos ante las compuertas de la dársena con intención de salir al andén exterior y regresar a la nave, dichas compuertas ya se habían cerrado y el mecanismo de apertura debía de estar en la torre de control situada al otro extremo de la dársena.

Ordené al segundo segundo de a bordo que tomara dicha posición por la fuerza, si era necesario, y que accionara el mecanismo de apertura.

Respondió que por culpa de mi insensata decisión no disponía de arma alguna, que para atacar la torre de control era preciso atravesar la fila de agresivos estibadores, que venían dispuestos a acabar con nosotros, y que, en vista de lo antedicho, la persona más indicada para llevar a cabo aquella operación bélica era yo.

En este debate estábamos cuando de improviso las compuertas empezaron a abrirse a la medida de nuestros deseos.

Animado por este inesperado e inmerecido giro, anulé la orden precedente y ordené a Garañón que enfilase la boca de la dársena, preguntándole también si no podía ir un poco más de prisa. Respondió que iba a la velocidad máxima que permitía aquel tipo de vehículo y sugirió que nos agacháramos, porque a los estibadores se acababa de sumar un destacamento de guardias de asalto, que había acudido a la dársena atraído por los disparos o como parte de un plan preconcebido y que en aquel preciso momento se disponía a disparar sus ametralladoras contra nosotros. Ordené que así se hiciera y di ejemplo ocultándome el primero entre los sacos de cascagüeses.

Habíamos conseguido franquear las compuertas cuando vimos correr hacia nosotros a un personaje que nos hacía gestos desesperados para que le esperásemos. A pesar de que ya había empezado a envolvernos la turbia atmósfera del exterior, reconocí en aquel personaje al Gobernador de la Estación Espacial *Fermat IV*. Considerándolo parte de la conspiración, si no inductor y cerebro de la misma, ordené a la señorita Cuerda que le pegara un tiro, a lo que ella se negó alegando razones humanitarias, pues se trataba de un pobre anciano.

Incluso en su estado de deterioro físico consiguió el Gobernador alcanzar aquella birria de carromato y pidió que le ayudáramos a subir. Le pregunté por qué habíamos de hacerlo y respondió, alzando la voz para dominar el fragor del tiroteo, que había sido él quien había abierto las compuertas en el momento crítico para facilitar nuestra huida, lo cual a buen seguro había de costarle la vida a manos de sus propios secuaces si lo dejábamos en tierra.

Como en su voz, apenas inteligible, había un tono de innegable sinceridad, y los agujeros que las balas iban perforando en los faldones de su albornoz parecían confirmar lo expuesto por él mismo, di orden de que lo izaran, pues por sus solas fuerzas no habría podido hacerlo.

Con notable esfuerzo, entre el segundo segundo de a bordo y la señorita Cuerda subieron al carromato al Gobernador, el cual, exhausto por la carrera y los peligros corridos, hizo amago de sufrir un síncope, del que tal vez no habría salido si el abnegado doctor Agustinopoulos no le hubiera practicado la respiración boca a boca con tal esmero que quedó el Gobernador confuso pero redivivo.

Repuesto el Gobernador y preguntado por la razón que le había impulsado a traicionar a su gente y pasarse a nuestro bando en circunstancias tan poco favorables, respondió que ya nos lo explicaría cuando nos halláramos a salvo en el interior de la nave y ésta se hubiera alejado de la Estación Espacial, cosa que, a su juicio, no iba a resultar fácil.

Los acontecimientos parecían confirmar el desesperanzado diagnóstico del Gobernador, porque al destacamento de guardias de asalto se había unido ahora un carro de combate de tracción «a orugas» y, por consiguiente, de velocidad de crucero muy superior a la nuestra, provisto de dos ametralladoras pesadas y un cañón giratorio en la torreta con el que fácilmente podía hacer saltar por los aires el carromato y a sus ocupantes tan pronto alcanzara la distancia necesaria para ello, es decir, en unos pocos segundos.

Mientras tanto, ajenos por completo a lo ocurrido y por lo tanto al peligro mortal en que nos encontrábamos, los ocupantes de la nave se aprestaban a dispensarnos un jubiloso recibimiento, creyéndonos portadores de las vituallas y artículos necesarios para su supervivencia.

A través de la turbia y ponzoñosa atmósfera exterior, por la que avanzaba el carromato a velocidad de caracol, podíamos ver la escotilla de la nave abierta, iluminada y adornada con gallardetes, y en su interior al primer segundo de a bordo, Graf Ruprecht von Hohendölfer, D. D. M. de F., alias Tontito, vestido de gala y en actitud solemne, pues, tomando a nuestros perseguidores por un comité de honor, se disponía a pronunciar una alocución protocolaria tan pronto llegásemos al pie de la escotilla.

Tratando de dominar el fragor de la tolvanera, grité al primer segundo de a bordo que activara las defensas de la nave y que sin dilación abriera fuego sobre el carro de combate que nos daba alcance. Pero no me oyó, y aunque me hubiera oído, poco habría podido hacer, porque yo mismo, por un error de apreciación, había dado orden de desactivar el sistema de defensa y ataque de la nave en prueba de buena voluntad para con los canallas de la Estación Espacial, que ahora nos seguían con intenciones asesinas.

Leí la desaprobación en las miradas de mis acompañantes y traté de explicarles que tal era la grandeza y miseria del mando, pues todo el mundo reclama para sí el mérito cuando las cosas salen bien pero responsabiliza al jefe cuando vienen sesgadas.

No tuve tiempo, sin embargo, de desarrollar enteramente mi argumentación, porque el carro de combate que nos iba a la zaga disparó su cañón en aquel preciso instante.

Por un error de cálculo pasó el proyectil zumbando sobre nuestras cabezas y fue a estallar a escasos metros del casco de la nave, provocando una abolladura de consideración y daños en la pintura. Este ataque pilló por sorpresa al primer segundo de a bordo, al que vimos caer al suelo y permanecer tendido, bien porque la onda expansiva le hubiera alcanzado privándole del conocimiento, bien porque se hubiera desvanecido del susto.

Se disponía el carro de combate a efectuar un segundo disparo sin duda definitivo, habiendo corregido en el ínterin el ángulo de tiro, cuando se vio una deflagración en la escotilla de la nave, se oyó un estruendo y una granada describió un arco impecable y dio de lleno en el carro de combate, reventando su blindaje, haciendo volar su santabárbara y produciendo entre sus ocupantes una mortal escabechina.

Prorrumpimos en vítores alegres los ocupantes del carromato, retrocedieron despavoridos los guardias de asalto y los estibadores que avanzaban a cubierto del carro de combate y de este modo pudimos llegar sin ulteriores contratiempos a la nave. Metimos las mercaderías de cualquier modo por la escotilla mientras rugían los motores y, concluida la tarea y para no dar tiempo al enemigo a reagrupar sus fuerzas y volver al ataque, di orden de cerrar las escotillas, desensamblar la nave y poner rumbo a cualquier parte.

Y así, gracias a la serenidad, decisión y temple de quien suscribe, el comandante Horacio Dos, acabó con bien esta peligrosísima aventura, lo que hago constar para que lo tenga en cuenta el Comité de Evaluación.

Domingo, 11 de junio

Reanudo la redacción de este grato Informe aprovechando la calma propia de una navegación sin tropiezos, aunque no sin preocupaciones.

Disponemos de provisiones de boca, productos cosméticos y agua en abundancia, pero no hemos podido reemplazar los balastos perdidos, con la consiguiente inestabilidad de la nave, y escasean las medicinas, pues el doctor Agustinopoulos, a quien había confiado este ítem, ha hecho acopio de bebidas alcohólicas y otras sustancias tóxicas y ha olvidado por completo la farmacopea. Por todo ello me veo obligado a poner rumbo a otra Estación Espacial, ligeramente desviada de nuestra trayectoria, pero de la que el Astrolabio da inmejorables referencias.

Lunes, 12 de junio

La navegación prosigue sin más contratiempos que los habituales en este tipo de viajes. Así, por ejemplo, de resultas de los sucesos acaecidos en la Estación Espacial *Fermat IV*, el ex Gobernador es ahora huésped forzoso de nuestra nave y, como hasta tanto la Federación no haga efectivo su cese, continúa ostentando su antiguo rango oficial, tiene derecho a camarote individual de primera. Esto obligaría a desplazar a uno de los dos segundos de a bordo o al doctor Agustinopoulos a un camarote de segunda o a pedirles que compartieran un camarote de literas, a lo que se negarían en redondo sin que yo pudiera obligarles, porque, aplicando el reglamento en sentido estricto, soy yo quien debería ceder mi propio camarote al depuesto Gobernador.

En vista de lo cual, con carácter provisional y alegando motivos de edad, salud e inestabilidad emocional, de todo lo cual el doctor Agustinopoulos ha expedido el correspondiente certificado, lo hemos alojado en el sector de los Ancianos Improvidentes, preservándole sin embargo algunas prerrogativas propias de su antiguo cargo, como el derecho a toalla propia y a usar en privado la ducha y el retrete.

Al mismo tiempo y para paliar un poco la mala impresión que pudieran haberle causado estas medidas, anoche le invité a cenar en mis aposentos y descorché en su honor la última botella de Poully Montrâchet.

En el transcurso de la sobremesa, el depuesto Gobernador me contó que había sido él quien, años atrás, había ideado y puesto en práctica el fructífero negocio de contrabando en la Estación Espacial *Fermat IV*, no tanto por maldad o por codicia como por despecho hacia quienes lo habían desterrado injustamente, y también para dotar a dicha Estación Espacial, largo tiempo postergada por las autoridades, de un medio de subsistencia. Además, había influido en su decisión la necesidad de mantener a su querida hija en buenos colegios y permitirle un tren de vida adecuado a este nivel, muy por encima del sueldo de un simple Gobernador. Con el tiempo, y como el negocio de la Estación Espacial había resultado de lo más provechoso y seguro, fueron llegando a ésta individuos sin escrúpulos dispuestos a hacerse con las riendas del negocio y del poder.

Poco a poco la Estación Espacial *Fermat IV* se convirtió en un verdadero nido de criminales y las actividades de contrabando degeneraron en actos de piratería de los que no estaban excluidos ni el secuestro ni el asesinato. Cuando el Gobernador se percató de ello y quiso ponerle coto, ya era tarde. No se le permitía establecer contacto con las autoridades federales y, aun cuando hubiera podido hacerlo, la denuncia habría supuesto la cárcel para él, y para su hija el deshonor y la ruina.

Esta angustiosa situación cambió con nuestra llegada y por un motivo aparentemente trivial, cual fue el haber llamado la señorita Cuerda la atención del Gobernador, por encontrarla éste no sólo atractiva de vista y de trato, sino el vivo retrato de su difunta esposa.

De entrada, como es lógico, rechazó la posibilidad de que la señorita Cuerda fuera en realidad la hija a la que tantos años llevaba sin ver. No ignoraba la misión que cumplía la nave visitante, pues yo mismo se la había explicado, y no podía aceptar la idea de que aquella hija a la que él había proporcionado una educación esmerada, por la que había llegado incluso a convertirse en un proscrito, y a la que creía felizmente casada en la Tierra, viajara ahora en una nave de expatriados, en el sector de las Mujeres Descarriadas, con rumbo a una aislada y remota Estación Espacial cuya ubicación ni siquiera conocíamos.

Pero cuanto más la miraba, tanto en los actos públicos como a través del orificio practicado en el tabique que separaba su propio camarote del asignado a la señorita Cuerda, más se convencía su corazón de aquello que su cerebro pugnaba por no admitir.

Para salir de dudas, aprovechó un momento en que la señorita Cuerda estaba en la ducha y reemplazó el vestido de ella por el camisón y complementos ya descritos, que habían pertenecido a su difunta esposa. Cuando vio a la señorita Cuerda así ataviada ya no le cupo duda de la identidad de ésta. Se hizo el propósito de no revelar a nadie su descubrimiento, porque no quería que su hija lo viera convertido en un facineroso y un cascajo ni, inversamente, que ella supiera que él la había reencontrado convertida a su vez en una mujer apartada de la sociedad por su conducta depravada. Pero, por contradictorios y enfrentados que fueran sus impulsos, tampoco podía permitir que corriéramos la suerte destinada a los incautos visitantes de la Estación Espacial, y menos aún la que le estaba destinada a ella.

De este modo, y después de algunas confusiones y malentendidos, llegó a tiempo de salvarnos de una muerte cierta abriendo las compuertas de la dársena, facilitando nuestra fuga y uniendo de este modo su suerte a la nuestra.

Al oír este relato juzgué al depuesto Gobernador más loco que lo que el doctor Agustinopoulos había supuesto, pero me abstuve de decírselo.

Esta mañana he convocado a la señorita Cuerda y, dejando de lado la promesa hecha la víspera al depuesto Gobernador de no revelar a nadie la historia que me había contado, se la he referido. Al oírla, la señorita Cuerda se ha encogido de hombros y se ha limitado a decir que la vida da muchas vueltas.

Acto seguido le he preguntado de dónde había sacado la pistola que con tanto acierto había utilizado en la Estación Espacial y, sobre todo, cómo había conseguido mantenerla oculta con un atuendo tan reducido y tenue.

A la segunda pregunta se ha negado a responder y también se ha negado a devolver el arma, alegando que la había perdido en la accidentada fuga de la dársena. Con la misma firmeza se ha negado a la propuesta de cambiar su alojamiento por otro más cómodo, como por ejemplo el mío, prefiriendo seguir en el sector de las Mujeres Descarriadas, según ha dicho, para evitar murmuraciones.

Todas estas decisiones, aunque formuladas en un tono ligeramente burlón, me han parecido razonables, por lo que he accedido a ellas, a cambio de la promesa de que vendría a visitarme cuando lo considerase oportuno sin necesidad de solicitar previamente fecha y hora.

Asimismo he accedido a que Garañón conserve la escopeta de cañón recortado, no porque me convencieran sus razonamientos, sino porque antes de ocultarse en el carromato de los piratas con intención de apoderarse de él a la primera ocasión propicia, había metido entre las mercaderías seis botellas de Sancerre, que se ofreció a compartir conmigo si me mostraba tolerante con lo de la escopeta.

En cuanto al providencial contraataque efectuado desde la nave en el momento más indicado, he averiguado que se debió a una afortunada serie de fallos por ambas partes. En primer lugar, la orden de desactivar las defensas de la nave nunca fue recibida, porque el guardia de corps que debía transmitirla fue secuestrado por los piratas de la Estación Espacial. Gracias a esto, todos estaban en sus puestos, y muy especialmente los dos servidores del howitzer, los cuales, advirtiendo el peligro que se cernía sobre la nave, dispararon la granada que destruyó el carro de combate y a sus ocupantes.

Los he convocado y felicitado por su buena puntería y me han confesado que en realidad ellos apuntaban al carromato en que íbamos nosotros, tomándolo por la vanguardia de las fuerzas enemigas, pero que debido a la escasa visibilidad, al nerviosismo y a su vista cansada, habían calculado mal el ángulo de tiro y habían acertado al carro de combate por error.

Martes, 13 de junio

Aprovechando la calma, por no decir el tedio de una navegación sin incidentes, organizo las honras fúnebres por el guardia de corps que, habiendo quedado en poder de los piratas en la Estación Espacial *Fermat IV*, sin duda debe de haber pagado con su vida la cólera de aquéllos.

La ceremonia resulta un tanto deslucida porque la tripulación ha vuelto a consumir sin autorización bebidas alcohólicas y otras sustancias tóxicas y no para de cantar y corear mi exordio con gritos de oé, oé, oé. Sin duda las bebidas alcohólicas y las sustancias tóxicas provienen del acopio que hizo el doctor Agustinopoulos en la Estación Espacial a costa de los medicamentos, lo que lo hace doblemente culpable, por lo que, en cuanto finalice la ceremonia, me propongo hacer una anotación negativa en su hoja de servicios.

Para colmo de males, apenas concluidas las honras fúnebres por el guardia de corps, ha aparecido el propio guardia de corps atado y amordazado dentro de uno de los sacos de cascagüeses, donde por lo visto lo habían metido provisionalmente los piratas y donde quedó olvidado hasta que, por pura chiripa, fue cargado en la nave con el resto de las mercaderías. Vuelto en sí tras varios días de inconsciencia debida a los efluvios de los cascagüeses, no recuerda nada de lo sucedido, aunque se resiente de un fuerte golpe en la cabeza. También ha olvidado su nombre y todo cuanto se refiere a su identidad y a su pasado. Lo pongo en manos del doctor Agustinopoulos y preventivamente hago una anotación negativa en su hoja de servicios.

Miércoles, 14 de junio

El viaje prosigue sin novedad hacia la Estación Espacial *Derrida*, que se encuentra, según los cálculos navegacionales, a sólo tres días de distancia.

Al margen de algunos casos de disentería, el pasaje goza de buenas condiciones físicas y anímicas. Esta mañana, en el ejercicio de mis funciones, he visitado el sector de las Mujeres Descarriadas. Por contraste con el sector de los Criminales, por no hablar del pañol donde acantona la tripulación, en los que imperan, para vergüenza mía, el caos, el mal gusto y la parranda, el sector de las Mujeres Descarriadas, sin ser un modelo en ningún sentido, ofrece al visitante una imagen casi bucólica. Como las mujeres, por razones biológicas de sobra conocidas, no son aficionadas, salvo excepciones, ni a los juegos de azar, ni a los deportes de equipo, ni a las peleas a mamporro limpio, con que los varones entretienen su ocio, y como las mujeres que componen el pasaje de esta nave no tienen hijos ni se les permite, por fortuna, relacionarse con los hombres de a bordo, salvo con los enfermos graves y los inválidos, es preciso tenerlas ocupadas con labores domésticas, que, dicho sea de paso, nunca faltan. Estas labores, además de distraerlas y dar un sentido a sus vidas, nos permiten ir a todos limpios, planchados y sin que nos falte un solo botón.

En este ambiente hacendoso y apacible, la señorita Cuerda, según me informan sus compañeras, no es de las que más se afanan. Duerme hasta tarde, elude el trabajo, mira por encima del hombro a sus congéneres y sale con frecuencia en compañía de mandos, delincuentes, tripulantes e incluso de algún anciano improvidente que aún se siente animoso y liberal. Conociendo la inclinación de las mujeres a la envidia y la maledicencia, no hago el menor caso de estas calumnias, aunque no dejo de advertir la ausencia de la señorita Cuerda y el estado de abandono en que se encuentra su máquina de coser.

A media tarde, aprovechando la visita del primer segundo de a bordo, que viene a rendir el parte de ruta, le ordeno que lleve en mi nombre una invitación de carácter no oficial a la señorita Cuerda a cenar en mis aposentos. La invitaría personalmente, pero prefiero actuar con discreción y no poner de manifiesto nuestra relación ante las demás Mujeres Descarriadas hasta tanto no la formalicemos.

Como he fijado la cita amorosa para las ocho y a las nueve y media todavía no ha comparecido la señorita Cuerda, acudo al camarote del primer segundo de a bordo a verificar si ha entendido todos los detalles de la orden que le di y los ha cumplido con exactitud. Encuentro la puerta del camarote atrancada y el cartel de NO MOLESTE colgado en el pomo. Aplico la oreja a la puerta, pero, siendo ésta de veinticinco milímetros de grosor, no consigo percibir sonido alguno.

Algo deprimido por lo que considero una muestra de volubilidad por parte de la señorita Cuerda, acudo al camarote del doctor Agustinopoulos en busca de consuelo.

Aprovechando la amnesia del guardia de corps, el doctor Agustinopoulos lo ha vestido de alsaciana y lo tiene de chica para todo. Le pide que nos sirva unos combinados de contenido alcohólico y, más animado, regreso a mis aposentos, donde encuentro en la mesa la cena para dos intacta y fría, pero vacía hasta las heces la botella de Sancerre.

Jueves, 15 de junio

Vista a través del periscopio, a una distancia aproximada de nueve o diez millas espaciales, la Estación Espacial *Derrida*, adonde hemos llegado de improviso a causa de un error de cálculo, resulta imponente.

Construida en Indonesia a finales del siglo antepasado en el estilo neoplateresco tardío típico del interregno monárquico, la Estación Espacial *Derrida*, según reza el Astrolabio, se benefició de los últimos yacimientos de cinabrio de Marte antes de la quiebra de la industria siderúrgica. Ahora, a consecuencia del desgaste, de sucesivas colisiones con meteoritos y cometas y de las reducciones presupuestarias, la Estación Espacial ha perdido toda la ornamentación característica de aquel estilo abigarrado: las cúpulas, las torres y, en general, buena parte de su forma original, pero aún conserva el color anaranjado que a la fría luz de los reflectores produce un efecto maravilloso y un punto melancólico.

Concebida inicialmente como centro residencial de lujo, las sucesivas crisis económicas y las variaciones imprevisibles y caprichosas de la moda condujeron gradualmente al abandono de los fines para la que en su día fue construida y puesta en ór-

81

bita. En la actualidad subsiste gracias a las magras subvenciones que año tras año consigue arrancarle a la Federación.

Tal vez por estas razones, las autoridades de la Estación Espacial *Derrida* responden a mis comunicaciones con amabilidad, ofreciéndonos sus servicios e instalaciones y prometiendo hacer nuestra estancia placentera y provechosa.

Animado por esta recepción, ordeno llevar a cabo las operaciones de acoplamiento de la nave al segundo segundo de a bordo, porque el primer segundo de a bordo, con el pretexto de una indigestión, sigue encerrado en su camarote.

Viernes, 16 de junio

Realizadas con escasos daños materiales las operaciones de acoplamiento de la nave a la Estación Espacial *Derrida*, imparto las instrucciones necesarias para bajar a dicha Estación Espacial, donde un Comité de Recepción nos espera desde hace dos horas.

A diferencia de la vez anterior, decido dejar la nave a cargo del segundo segundo de a bordo, que ya formó parte de aquella malhadada expedición, para fomentar su sentido de la responsabilidad, así como para obligar al primer segundo de a bordo a salir de su encierro. Por respeto a su cargo, he incluido en la expedición al depuesto Gobernador de la Estación Espacial *Fermat IV*. Cuento también con la compañía del doctor Agustinopoulos, así como de la señorita Cuerda, a la que prefiero no perder de vista, y del pertinaz Garañón, que esta misma mañana ha venido a visitarme sin haber concertado cita previa y ha insistido mucho en unirse a la expedición, sin dar razón válida de este empeño. Para no enzarzarme en una discusión larga y engorrosa y como le asomaba el cañón recortado de la escopeta por un descosido del pantalón, he optado por acceder a su ruego, reiterándole la obligación de obedecer mis órdenes en todo momento y sin rechistar.

A media mañana o quizá un poco más tarde, una vez transferido oficialmente el mando, y de acuerdo con las normas de protocolo, ordeno al portaestandarte abandonar la nave.

La entrada del portaestandarte en el andén de la Estación Espacial no ha tenido la solemnidad acostumbrada, porque el pendón oficial se perdió en las circunstancias descritas en este mismo y grato Informe y porque la enfermedad contraída en aquella ocasión por el citado portaestandarte se ha hecho crónica, así como sus continuos accesos de vómito verde. Tampoco me parece digno de una ceremonia oficial como la presente el que nuestro guardia de corps vaya vestido de alsaciana, pero en este punto el doctor Agustinopoulos se ha mostrado inflexible. Por fortuna, el camisón de la señorita Cuerda, que había pertenecido a su presunta madre y que ahora ésta ha incorporado a su guardarropa, permite que las pequeñas irregularidades de nuestro aspecto sean aceptadas con un margen de tolerancia mayor del habitual.

La recepción que por su parte nos dispensan las autoridades de la Estación Espacial es realmente impresionante y sólo al verla caigo en la cuenta de que la Estación Espacial *Derrida*, de conformidad con lo dispuesto en el armisticio y el Tratado de Siam que dio fin al interregno monárquico, todavía se rige por los reglamentos promulgados durante aquel breve régimen. En virtud de estos reglamentos, los cargos administrativos de la Estación Espacial son hereditarios y todas las actividades oficiales se rigen por el complejo protocolo de la corte. Para empezar, no es el Gobernador de la Estación Espacial quien acude a recibirnos, pues la Estación Espacial no lo tiene, sino sus altezas el Duque y la Duquesa Semolina, ambos vestidos con túnica carmesí y capellina de armiño, y con el rostro enharinado.

La dársena ha sido habilitada como sala de recepción y, con este fin, ha sido cubierta de paramentos y guarniciones. Este revestimiento y el alumbrado por medio de hachones de gas propano, símbolo del poder real, dan un aspecto acogedor así como suntuoso a la amplia sala, en uno de cuyos extremos se agolpa el Comité de Recepción, formado por una veintena de hombres y mujeres de alcurnia, ataviados con largas túnicas a la antigua manera coreana, y tocados de altos cucuruchos dorados.

Comparado con la lamentable imagen del depuesto Gobernador de la Estación Espacial *Fermat IV*, el Duque y la Duquesa ofrecen una estampa que causaría admiración si no sobrecogiera. Ambos frisarían la cincuentena si vivieran en la

Tierra. Ambos son también de la misma estatura, lo que constituiría un problema si el Duque no corrigiera esta circunstancia añadiendo unas gruesas plataformas de papel prensado a sus borceguíes de seda. La Duquesa se conserva milagrosamente esbelta para su edad, teniendo en cuenta que en la zona helicoidal, tanto por la presión atmosférica como por la alimentación, las mujeres tienden a desfondarse y también los hombres, que encima no se cuidan. Seguramente la pareja ducal hace gimnasia. Los dos tienen los rasgos finos, de una belleza clásica, a la paraguaya, que en el caso de la Duquesa complementa una expresión de natural dulzura y timidez.

Mientras me entrego a estas observaciones, en la dársena se suceden los parlamentos de rigor y las evoluciones danzantes a cargo del Comité de Recepción, el cual, como muestra especial de deferencia, interpreta unos madrigales delicados, aunque un poco largos.

Acto seguido, el Chambelán, bajo la atenta mirada de los Duques, procede a la distribución de los camarotes. Después de largas negociaciones, dispongo que la señorita Cuerda se aloje con el guardia de corps, el segundo segundo de a bordo con el portaestandarte y el doctor Agustinopoulos con el depuesto Gobernador, que parece resignado a todo. A Garañón, a quien en pocas horas parece haberle crecido una espesa barba negra y lleva gafas oscuras a pesar de la escasa luz de las antorchas, se le asigna un camarote individual en el extrarradio. Como corresponde a mi cargo, yo me hospedo en los aposentos ducales, situados en el centro del complejo monumental, entre el Real Museo de Arqueología Contemporánea, la Colección Real de Pintura Etnológica, la Orangerie y el Auditorio Real.

Mismo día por la noche

Debido al inacabable ceremonial, no se nos ha servido almuerzo de bienvenida, ni el tradicional piscolabis, ni alimento de ninguna índole durante todo el día, dedicado íntegramente a visitar los principales coliseos de la Estación Espacial, así como el Real Campo de Equitación, el Real Club de Golf y la Piscina Real. Son instalaciones realmente espléndidas que, por falta de tiempo, sólo hemos podido admirar desde el exterior, pues al llegar a cierta distancia de cada una de ellas el Duque en persona nos ha obsequiado con tan largas y prolijas explicaciones que al término de las mismas y a instancias del Chambelán, hemos tenido que salir corriendo hacia la siguiente para poder cumplir el programa previsto antes de la cena.

Finalmente, y al borde del desfallecimiento, nos hemos reintegrado a los aposentos ducales, donde el Duque y la Duquesa me han ofrecido una cena, a la que también han sido invitados el doctor Agustinopoulos y el depuesto Gobernador. Como se trataba de una cena de gala, ha sido enteramente servida por algunos miembros de la aristocracia local con el mismo atuendo y regalías que horas antes llevaban en la solemne recepción que se nos dispensó en la dársena.

Por parte de nuestros anfitriones se sentaban a la mesa, además del Duque y la Duquesa, el Chambelán, el Chantre y un monje de los llamados «zaragateros», a quien nos han presentado como el abate Pastrana. Es hombre sin duda santo, pero de aspecto y modales toscos, que come con los dedos y bendice la mesa a gritos, con la boca llena de féculas.

Sábado, 17 de junio

Anoche, cuando acababa de redactar la parte de este grato Informe correspondiente a la jornada precedente, o sea la de ayer, sonaron unos golpes ligeros e insistentes en la puerta de mi habitación.

Acudí presto dando por seguro que se trataba de la señorita Cuerda, a la que durante todo el día y siempre que se presentaba la ocasión de hacerlo sin llamar la atención de los presentes, había dirigido miradas, guiños y señales un punto por encima de «sugerentes» y dos por debajo de «concupiscentes», con los que le daba a entender la naturaleza de mis inclinaciones y la instaba a visitarme después de la cena.

Sin embargo quien llamaba no era la señorita Cuerda, sino el depuesto Gobernador, el cual, con gran misterio y prosopopeya, se disculpó por la interrupción, alegando tener algo que contarme cuya importancia, a su juicio, no admitía demora.

Me abstuve de cerrarle la puerta en las narices, pues si bien y a todos los efectos ya no ostentaba el cargo de Gobernador, seguía estando en funciones y, por consiguiente, gozando de una categoría superior a la mía en rango, pero inferior en cuanto a mando efectivo. De modo que le invité a pasar y a sentarse en el borde de la piltra.

Cumplimentado este sencillo pero necesario acto de afirmación jerárquica, el depuesto Gobernador me preguntó si en el curso de la cena que acababa de sernos ofrecida había advertido algo raro y al responderle yo en sentido negativo, dijo que él sí.

Pensé que tras este breve intercambio de informaciones se iría y me dejaría tranquilo, pero el depuesto Gobernador, sin levantarse siquiera de la piltra, introdujo la mano en la faltriquera y sacó un objeto que me mostró, preguntándome si lo reconocía. Se trataba sin lugar a dudas de una gamba y así se lo hice saber. No satisfecho con esta respuesta, me rogó la inspeccionara detalladamente. Lo hice y se la devolví añadiendo que se trataba, a mi entender, de una gamba hervida.

El depuesto Gobernador movió la cabeza con desaliento y me refirió cómo en el transcurso de la cena que acababa de sernos ofrecida había observado un extraño comportamiento, tanto por parte de nuestros anfitriones como por parte de las damas que ejercían funciones de camareras.

Volvió a entregarme el objeto que yo le había devuelto y me hizo notar que no se trataba en rigor de una verdadera gamba, sino de una gamba de plástico. Al parecer, él mismo la había sustraído de la paella que nos había sido servida en la citada cena, al observar que tanto las gambas como los mejillones y otros frutos de mar que por norma lleva toda paella y de hecho la caracterizan, les eran servidos por las camareras exclusivamente a nuestros anfitriones, tocándonos a nosotros sólo el arroz. Esta discriminación le había enfurecido en un principio, pues en su antigua condición de Gobernador él nunca habría cometido semejante descortesía, ni siquiera con aquellos huéspedes a los que se proponía desplumar e incluso asesinar de inmediato. Pero luego, observando la escena con más detenimiento, advirtió que nuestros anfitriones fingían saborear los citados manjares, para devolverlos intactos al plato, y así los retiraban las camareras tan pronto un brindis, un discurso o cualquier otro incidente propio de un banquete distraía nuestra atención.

Temeroso el depuesto Gobernador de que esta conducta fuera indicio de envenenamiento, un recurso al que él, según se apresuró a añadir, jamás había recurrido en el curso de sus pasadas actividades delictivas, y valiéndose de las habilidades de carterista adquiridas en el ejercicio de su cargo, se había hecho con la gamba que ahora me entregaba como prueba de sus alegaciones.

Respondí que no veía nada raro en la presencia de una gamba de plástico en una paella, siendo éste un plato donde suele haber efectivamente gambas, y añadí que sus insinuaciones me parecían del todo infundadas, que todo cuanto me había relatado podía deberse a un error de cálculo por parte del despensero, o de una simple coincidencia. Le hice ver que hasta el momento sólo habíamos recibido muestras de amabilidad de parte de los Duques y, por consiguiente, que su actitud desconfiada estaba totalmente fuera de lugar.

Molesto por mi actitud, el depuesto Gobernador se negó a responder a mis argumentos hasta tanto no hubiera reunido más pruebas materiales, se levantó, nos dimos las buenas noches y se fue.

Esperé todavía una hora más a la señorita Cuerda y finalmente, viendo que no se decidía a venir, fui a su camarote y entré sin llamar, dispuesto a todo.

Acto seguido, habiendo encontrado en el camarote sólo al guardia de corps sumido en profundo sueño, regresé a mi habitación y decidí destinar el resto de la noche a dormir.

Esta mañana, al acudir a desayunar al refectorio del palacio junto con los demás miembros de la expedición, advierto la ausencia del Gobernador, cosa que me sorprende, pues no es hombre que haga ascos a una comilona gratuita.

Al pronto he pensado que podía estar molesto conmigo a causa de nuestra disensión de anoche y que deseaba evitar mi presencia, pero el doctor Agustinopoulos, que comparte camarote con el Gobernador, me informa de que éste salió la víspera del camarote y no regresó.

En cambio la señorita Cuerda sí está en el refectorio cuando yo hago mi entrada. Responde a mi saludo con concisa educación no exenta de estima y sigue dando cuenta de sus tostadas con ruidosa voracidad. Desearía permutar sus sentimientos con respecto a mí y a las tostadas, pero me abstengo de manifestar este deseo, así como de preguntarle dónde estaba anoche cuando fui a su camarote y ella estaba ausente.

Pregunto en cambio a los restantes miembros de la expedición por el Gobernador, pero nadie sabe darme razón de su paradero. No excluyo que exista una relación entre la desaparición del Gobernador y las sospechas que anoche trató de comunicarme, pero otros asuntos más inmediatos reclaman mi atención, pues hemos venido a la Estación Espacial a proveernos de artículos de primera necesidad y no a zascandilear por los pasillos, de modo que decido aplazar para mejor ocasión la búsqueda del Gobernador y el análisis de este suceso impertinente.

Acabado el desayuno, pido audiencia al Duque, que me la concede sin demora.

Acudo a su suntuoso despacho y una vez allí, tras las cortesías de rigor, le planteo el objeto de nuestra visita a la Estación Espacial *Derrida*, es decir, la adquisición de medicamentos así como de balastos y otras piezas mecánicas si las hubiere en stock.

El Duque asiente comprensivo y me asegura que todo se solucionará con la mayor brevedad y a pedir de boca, pero añade que de momento son otras sus preocupaciones, de las que desearía hacerme partícipe.

Halagado por esta muestra de confianza, le

insto a proseguir y él me pone al corriente, con el rostro ensombrecido, de las dificultades económicas por las que atraviesa la Estación Espacial.

Como yo ya había oído y el propio Duque corrobora sin ambages, la Estación Espacial ha perdido la autosuficiencia económica de antaño y ha de obtener ayuda exterior para equilibrar su balanza de pagos y evitar la bancarrota. Esta ayuda exterior procede exclusivamente de la subvención anual que le conceden las autoridades federales con destino al célebre Festival Interestelar de las Artes que se viene celebrando año tras año en las espléndidas instalaciones de la Estación Espacial, unas instalaciones que el propio Duque no vacila en calificar de «marco incomparable».

Sin embargo, también el Festival está, en palabras del Duque, «de capa caída». Cada año el número de espectadores es menor con respecto al del año anterior, de lo que se siguen varias consecuencias negativas.

A un primer nivel, como el Duque gusta de escalonarlas, la merma en los ingresos procedentes de la recaudación directa, así como el perjuicio de la menor afluencia de visitantes sobre el sector terciario: hoteles, restaurantes, servicios, venta de souvenirs, etcétera.

A un segundo nivel, mengua del interés en el Festival Interestelar fuera del marco estrictamente local y, en consecuencia, reducción drástica de los ingresos provenientes de patrocinio, publicidad, retransmisiones audiovisuales directas o diferidas, venta de vídeos, etcétera.

A un tercer nivel, desinterés creciente por participar en el Festival Interestelar por parte de artistas individuales o agrupaciones artísticas, como orquestas sinfónicas, compañías teatrales o cuerpos de baile de reconocida fama.

En resumen, una hecatombe.

Sin necesidad de ser preguntado por las causas de esta decadencia, el propio Duque dictamina que responde a una suma de ellas: la crisis económica, la animadversión de los medios de información contra los últimos reductos de la monarquía, y, por último y de manera decisiva, un cambio en las preferencias del público, cada vez más embrutecido por lo que él llama «bestial cultura de masas». Tal vez existan otras causas, añade, pero las tres enumeradas con anterioridad son, a su juicio, las más importantes.

Acto seguido, a media voz, con la mirada perdida, como si no hablara conmigo, sino consigo mismo, agrega que la suerte presente y futura de la Estación Espacial, aun preocupándole mucho, no es su única, ni siquiera su principal preocupación, sino otra cosa más importante, que él mismo no vacila en calificar de «trascendental».

Le pregunto a qué se refiere y responde que le preocupa sobremanera el presente y futuro de la cultura y el arte, de los que se siente, en cierto modo, responsable.

Acto seguido, poniéndose a sí mismo como ejemplo viviente de su propia tesis, me hace ver cómo en el momento actual, y dentro de lo que él denomina «las corrientes del pensamiento moderno», el refinamiento y la ilustre cuna no tienen ningún valor.

De inmediato aclara que esta queja no viene motivada por el deseo de recuperar unos privilegios que él mismo es el primero en tachar de «anacronismos» y que en un pasado reciente, en los últimos meses de la monarquía, llevaron a las masas enfurecidas a desempolvar la guillotina, sino a lo que todo esto supone de distinción, discernimiento y nobleza espiritual.

De resultas de la desaparición de estas cualidades innatas en ciertas personas, como el propio Duque, la Duquesa y algunas más, la cultura y el arte han caído en manos de especuladores sin escrúpulos, dispuestos a manipular la cultura y sobre todo el arte, para embaucar al pueblo y obtener de este embaucamiento beneficios de tipo económico y político.

Por estas razones, y no por afán de notoriedad, defiende el Duque con tanto empeño el Festival, convencido de que sólo unas personas como él y la Duquesa, herederos de una larga tradición o seleccionados desde tiempos antiguos para mantener viva la llama de la cultura y el arte, pueden impedir que la cultura y el arte devengan simples mercaderías. Porque mercadear con la cultura y el arte, que son el fundamento, el sostén y la fuerza motriz del espíritu humano, equivale a mercadear con el propio espíritu humano y, por consiguiente, a convertir al género humano en una triste raza de esclavos.

Le expreso mi total acuerdo, mi solidaridad y

mi condolencia, pero añado que nada puedo hacer al respecto. A esto responde el Duque con prontitud que no me ha expuesto sus cuitas para solicitar mi ayuda, sino sólo para desahogar su ánimo en presencia de una persona que, aun sin conocerla a fondo, intuye que puede comprenderle. Un alma que no duda en calificar de sensible y a cuya opinión él concede la máxima importancia.

Le agradezco estas palabras y tras una pausa le insto a tratar el tema de los medicamentos y los balastos, a lo que responde que ya habrá ocasión para hablar de este asunto, pero que ahora no puede ocuparse de nada, pues los preparativos del Festival absorben todo su tiempo. Tampoco puede delegar en nadie la negociación, dado el régimen de administración personalista por el que se rige la Estación Espacial *Derrida*.

Acto seguido añade que todo se arreglará bien y de prisa tan pronto acabe el Festival Interestelar, que empieza pasado mañana y dura sólo tres días.

No hace falta decir que en todos los actos que integran dicho Festival, cuenta con mi presencia y la de mis compañeros, todos en calidad de invitados personales del Duque y la Duquesa y, por supuesto, en forma gratuita.

Me dispongo a decirle que no podemos demorar tanto nuestra estancia en la Estación Espacial, pero en aquel momento entra el Chambelán en el despacho donde tiene lugar nuestra reunión, hace una profunda reverencia, presenta mil excusas por la interrupción y dice que la Duquesa solicita ser recibida por su marido así como por su ilustre huésped, si su presencia no nos incordia y tenemos a bien recibirla. Accedemos de inmediato a esta respetuosa petición, el Chambelán se retira y el Duque aprovecha el breve intervalo para rogarme apresuradamente que no diga nada de cuanto hemos hablado en presencia de la Duquesa. La Duquesa, según me dice el Duque con la máxima confidencialidad, es persona en extremo sensible y si tuviera conocimiento de la precaria situación económica del Festival y, en consecuencia, de la Estación Espacial y de la casa ducal representada por ellos, su equilibrio psíquico podría verse gravemente alterado, con efectos imprevisibles sobre su salud. Desde que se casaron, la Duquesa ha vivido en un mundo de ensueños y el Duque estaría dispuesto a dar su vida con tal de evitarle un penoso despertar.

Al oír esta emotiva proclamación no puedo evitar que se me humedezcan los ojos y entre gimoteos prometo comportarme con absoluta discreción.

Apenas acabo de susurrar esta promesa, hace su entrada en el despacho la Duquesa, acompañada del abate Pastrana, cuya presencia no logra eclipsar pero ensombrece el sereno encanto que desparrama aquélla. A mi servil inclinación responde la Duquesa con una sonrisa y el abate me bendice con gesto raudo y desganado.

Finalizados los saludos y parlamentos de rigor, el Duque informa a la Duquesa de que nos ha invitado a mí y al resto de la expedición a todos los actos del Festival de las Artes y de que yo he aceptado la invitación con entusiasmo. Al decir esto me dirige una mirada de inteligencia, que comprendo sin necesidad de más explicación. La Duquesa, por su parte, no puede ocultar su alegría. Me mira fijamente, se ruboriza y oculta su confusión tras el abanico.

Acto seguido por discreción me retiro y voy en busca del segundo segundo de a bordo, a quien comunico el forzoso retraso en nuestros planes. Muestra su contrariedad y se permite opinar que soy un imbécil, por lo que debo llamarle al orden. Le ordeno regresar a la nave, notificar el cambio de planes a la tripulación y colaborar con el primer segundo de a bordo en la resolución de los problemas que pudieran derivarse de dicho cambio. De esta forma me libro de su arrogancia para conmigo y de su presencia en el palacio ducal, porque no me ha pasado por alto la forma en que mira a la señorita Cuerda ni la forma en que la señorita Cuerda responde a sus miradas.

Domingo, 18 de junio

Todo el día dedicado a los preparativos para el Festival Interestelar de las Artes, cuya inauguración tendrá lugar mañana por la tarde, y a resolver algunos asuntos personales. Redacto un discurso, pues seguramente me veré obligado a pronunciar unas palabras en la ceremonia inaugural y no dispongo de modelo para semejantes eventualidades. Destacaré la importancia de este tipo de festivales y exhortaré a las autoridades competentes a no olvidarse de la cultura cuando elaboren sus presupuestos. Con esta idea y algún adorno retórico espero complacer a nuestros anfitriones, pero no las tengo todas conmigo. En cuanto al resto del aparato, temo no estar a la altura de las expectativas: el segundo segundo de a bordo no está, el guardia de corps dista mucho de componer una figura digna, por no hablar del portaestandarte, cuya aparatosa dolencia no remite y, para colmo, ni siquiera dispone de estandarte. El doctor Agustinopoulos no queda mal, si consigo que no se pinte los labios ni se ponga postizos. En cuanto al Gobernador, que tampoco es una figura lucida, pero al menos tiene rango superior, sigue sin aparecer. Cuando me encuentro por los pasillos con algún habitante de la Estación Espacial, más familiarizado con su trazado y sus recovecos, le pregunto si ha visto por casualidad al Gobernador, pero la respuesta siempre es la misma. ¿Dónde se habrá metido? El asunto me intriga, pero por el momento no puedo dedicarle más tiempo ni más atención.

En uno de estos paseos me tropiezo con la señorita Cuerda, que sale de la peluquería. Le alabo el peinado, pero le afeo su conducta de la noche antepasada. Dice no saber a qué me refiero. Le recuerdo que habíamos quedado en que ella vendría a mi habitación y finge no saber de qué le hablo. Le digo que esta noche no falle si no quiere perder los privilegios de que goza y promete cumplir lo acordado.

Lunes, 19 de junio

De nuevo una noche rica en acontecimientos.

Apenas acababa de redactar la parte de este grato Informe correspondiente a la jornada de ayer, llamaron a mi puerta. Creyendo que se trataba de la señorita Cuerda, que acudía en cumplimiento de lo acordado, abro y, distinguiendo una figura velada en la penumbra del corredor, la estrecho entre mis brazos con frenesí. Su forma, olor y textura me indican que no se trata de la señorita Cuerda sino del abate Pastrana, el cual, disipado el malentendido, dice querer hablar conmigo en privado. Le ruego venga al día siguiente, pues estoy esperando una visita concertada con anterioridad, pero no atiende a razones. Entra y se sienta en la piltra.

Le ruego sea breve y responde que es hombre de pocas palabras y que, en todo caso, no es él quien desea hablar conmigo, sino la Duquesa, en cuyo nombre viene a tantear el terreno. Le digo que con sumo gusto iré a visitar a la Duquesa a la mañana siguiente, antes incluso del desayuno, pero él insiste en que la entrevista debe efectuarse en aquel mismo instante y en la más estricta confidencialidad. Añade que me considera un caballero y confía en que sabré tratar a la Duquesa como corresponde a una dama de su alcurnia, así como guardar el más escrupuloso secreto acerca de este encuentro y de cuanto en él ocurra, pues de lo contrario la reputación de la Duquesa se vería dañada de un modo irreparable, lo que afectaría a su delicado equilibrio psíquico. Advierto que tanto el abate como el Duque coinciden en su diagnóstico.

Antes de que yo pueda darle garantías acerca de mi comportamiento intachable, el abate saca de la manga de su tosca saya un cuchillo de hoja curva y hace con él molinetes en el aire.

Acto seguido me explica que este cuchillo perteneció en su día a Liberata Marujines, la asesina de pollos ahorcada en Baden Baden a finales del siglo XIX de la Era Etnológica, de la que el abate, según él mismo me revela, es descendiente por vía colateral. Concluida la digresión concerniente a su ilustre antepasada, el abate dice que montará guardia en el corredor mientras dure mi entrevista con la Duquesa, y al menor indicio de intemperancia por mi parte, no vacilará en entrar y rebanarme el cuello con la histórica perica.

Respondo airado que sus recelos me ofenden, siendo como soy no sólo un caballero, sino un oficial con mando, y añado, a mayor abundamiento, que la Duquesa, sin dejar por ello de ser encantadora, no es lo que se suele llamar una colegiala, sino una dama de cierta edad, un punto por encima de «madura», aunque seis por debajo de «cacatúa» y que a mí me gustan más bien jovencitas, como la señorita Cuerda, a la que precisamente estoy esperando.

Esta aclaración, lejos de tranquilizar al abate, lo enfurece y blandiendo de nuevo el arma ante mis ojos dice que la Duquesa había sido mujer de gran belleza, cinco puntos por encima de «sin par» y sólo uno por debajo de «cañón», y que si tengo dudas al respecto se lo pregunte al Duque, que la conoció cuando en sus años de *playboy* fue miembro del jurado de Miss Tanga, en Tubinga, quedando tan prendado de la ganadora que le propuso matrimonio. Y así fue cómo vino a conocerla el abate, a la sazón recién egresado del cenobio y adscrito como *enfant de chœur* a la capellanía de la casa ducal. Y cómo, al verla, perdió el juicio.

Parece dispuesto a proseguir la historia de su relación personal con la Duquesa, pero llaman a la puerta y la propia Duquesa entra sigilosamente en mi camarote, cubriéndose el rostro con el abanico. Al instante, como si se tratara de una maniobra ensayada, el abate Pastrana sale del camarote con idéntico sigilo, cerrando la puerta a sus espaldas. Y heme aquí encerrado con la Duquesa en la piltra, una situación levemente complicada por cuanto estoy esperando a la señorita Cuerda.

Transcurridos unos minutos y viendo que la Duquesa sigue callando y ocultando el rostro tras el abanico, la insto a hablar.

Empieza disculpándose por los modales del abate, de quien se ha visto obligada a servirse para concertar este encuentro, porque, pese a su aspereza y zafiedad, es la única persona en quien puede confiar sin reservas, añadiendo acto seguido y sin que yo la anime a hacerlo, pues sólo deseo acortar la entrevista, que el carácter del abate se ha ido agriando con el paso del tiempo y los reveses de la vida, pero que en sus años mozos era un muchacho risueño, afable, despierto y muy bien parecido, por el que más de una y más de dos habían perdido la chaveta.

Preguntada si han venido los dos a mi habitación a rememorar sus respectivas mocedades, la Duquesa responde que en realidad ha venido para informarme de la verdadera situación imperante en la Estación Espacial, de la que me supone ignorante, pues, según cree saber, sólo he hablado de ella con el Duque, que probablemente me ha dado una idea inexacta de la realidad.

Respondo que está equivocada, pues el Duque me ha honrado con su confianza informándome del catastrófico estado financiero por el que atraviesa la Estación Espacial *Derrida* y rogándome no le diga nada a ella al respecto para no perturbar su precario equilibrio psicológico. Esta respuesta hace reír a la Duquesa, que oculta su risa tras el abanico, pero luego su rostro se ensombrece. Acto seguido dice que, tal como ella ha imaginado, yo no estoy al corriente de la verdad.

Instada a aclarar este enigma, dice que lo hará de inmediato, pues éste es el motivo real de haber acudido ella a mi habitación sola y de noche, con el consiguiente riesgo de ver comprometida su reputación a los ojos de todo el sistema planetario, pero acuciada por la gravedad de los hechos y sus posibles consecuencias. Y se dispone a iniciar esta aclaración cuando de repente se abre la puerta de la habitación y entra una persona gritando y haciendo exagerados aspavientos.

Martes, 20 de junio

Aclarados del modo más sencillo los enredos de anoche y a la espera de que dé comienzo la ceremonia inaugural del Festival Interestelar de las Artes, aprovecho la pausa para resumir dichos incidentes y despejar las pequeñas confusiones a que pudieran haber dado lugar.

Muy sorprendidos y no poco asustados quedamos la Duquesa y yo al ver interrumpida nuestra entrevista clandestina por la aparición de una persona que sin previo aviso irrumpía en mi habitación con vivas muestras de desafuero.

La Duquesa fue la primera en reaccionar, ocultando el rostro tras el abanico para no ser identificada en comprometida situación. Yo tardé un poco más, porque al sobresalto inicial se unió la contrariedad de advertir que quien acababa de entrar en mi habitación era la señorita Cuerda, la cual, antes incluso de ser preguntada por la causa de su espanto, dijo haberse tropezado con un monstruo horrible en el corredor, cuando se dirigía a mi habitación en cumplimiento de la cita previamente concertada.

Mientras ella daba esta explicación, yo trataba de recuperar la sangre fría y el uso de la voz, y dudaba entre acudir en su auxilio o justificar la presencia de otra mujer en la piltra. Para cuando me decidí por la segunda opción, juzgándola más importante para el futuro de nuestra incipiente relación, ya era tarde. La señorita Cuerda, pasado el estupor inicial, advirtió la presencia en la piltra de una mujer que se cubría el rostro con un abanico e indignada giró sobre sus talones y abandonó la habitación con la misma celeridad con que había entrado en ella.

De un brinco gané el oscuro corredor, eché a correr tras ella y la habría atrapado sin problema, aunque soy algo tripón y paticorto, pues contaba con la ventaja de llevar puestas las botas reglamentarias de tacón a muelles, y ella con la desventaja de un vestuario y calzado muy poco idóneos para el deporte, si en aquel preciso instante no hubiera oído un rugido a mis espaldas y no hubiera visto de soslayo al abate Pastrana venir sobre mí cuchillo en ristre.

Al parecer, el fiel abate se había quedado dormido mientras montaba guardia en el corredor y al ser despertado bruscamente de su sueño por los gritos y las carreras, creyó que la mujer a la que yo perseguía era la Duquesa, dio por sentado que yo la había agredido y se lanzó en pos del agresor. La ira puso alas a sus pies y estaba a un tris de degollarme cuando retumbó un disparo y cesó al instante la persecución.

Sin dejar de correr miré por encima del hombro y vi el cuerpo del abate despatarrado en el suelo, probablemente muerto, pero no vi a quien lo había liquidado por la espalda. No tenía tiempo, sin embargo, de pararme a pensar en estos asuntos de poca monta, porque la señorita Cuerda ya había llegado a su camarote, entrado en él y cerrado la puerta bajo siete llaves.

Fue inútil que en el más persuasivo de los tonos tratara de explicarle que la presencia de la Duquesa en mi habitación no significaba nada para mí, y que a mi lado no debía temer a monstruo alguno. Y tampoco sirvió de nada que la amenazara con tomar medidas disciplinarias en cuanto regresáramos a la nave si no me abría.

Convencido al fin de la inutilidad de mis esfuerzos, y recordando que había dejado a la Duquesa sola en mi habitación, con la puerta abierta y un monstruo homicida rondando por los corredores, decidí regresar.

Me extrañó no encontrar en el camino de vuelta el cuerpo exangüe del abate donde yo lo había visto desmoronarse, pero no di mayor importancia al hecho. Tampoco me extrañó encontrar la habitación vacía. Supuse que la Duquesa, al oír los gritos, las carreras y el disparo, había decidido dar por concluida la velada y regresar a sus aposentos.

Y de este modo se resolvieron los incidentes de esta movida noche.

Esta mañana, a la hora del desayuno, cuando he acudido al refectorio después de un sueño reparador, he advertido la ausencia del abate así como de la Duquesa. No me ha sorprendido en el caso de esta última, pues los sucesos de anoche sin duda la han dejado agotada, y menos aún en el caso del abate, si verdaderamente el disparo que anoche oí en el corredor a mis espaldas le alcanzó de lleno.

Sí me he cruzado en cambio con la señorita Cuerda. A mis miradas de dolido reproche ha respondido distraídamente, como si un hecho trivial distrajera su atención en aquel preciso momento.

En esta frialdad fingida he creído leer una emoción intensa por su parte, pero he preferido respetar su silencio y esperar una ocasión más propicia para aclarar los sucesos de la víspera, tanto en lo concerniente a mis supuestos devaneos con la Duquesa como al no menos supuesto monstruo que según ella la había atacado en el corredor, y decirle que tanto lo uno como lo otro era fruto de su imaginación.

El Duque ha comparecido tarde en el refectorio y con aspecto de haber dormido mal. Es lógico si se tiene en cuenta que dentro de muy poco se inaugurará el Festival Interestelar de las Artes, de cuyo éxito depende en buena medida el desarrollo de su querida Estación Espacial.

En estos momentos, cuando acabo de redactar este grato Informe, llega a mis oídos la algazara producida por la muchedumbre que se dirige al Auditorio Real, donde dentro de unos minutos dará comienzo la Gala Inaugural.

Llaman a la puerta de mi habitación. Es el Chambelán, que viene a recogerme para llevarme, con todos los honores, al sitial que tengo reservado.

Miércoles, 21 de junio

Desastre completo. Y lo peor es que nada de cuanto había ocurrido con anterioridad podía haberme inducido a pensar que las cosas fueran a torcerse de tal modo, razón por la cual declino toda responsabilidad por los daños a personas y pérdidas materiales derivados de la catástrofe que a continuación trataré de resumir.

Al rememorar los caóticos sucesos ocurridos entre la tarde de ayer y el momento en que me siento a redactar este grato Informe, creo percibir que tuve el primer indicio de que algo no iba como era debido cuando, al dirigirme al Auditorio Real en compañía del Chambelán, a presenciar y participar en la Gala Inaugural del Festival Interestelar de las Artes, por unos corredores secundarios para evitar las molestias propias de la muchedumbre que se dirigía ruidosamente al mismo lugar, me di de manos a boca con el primer y el segundo segundos de a bordo, a quienes yo suponía en la nave.

Preguntados por la razón de su presencia en aquel lugar, respondieron que se limitaban a cumplir mis gratas órdenes.

Les hice ver que mis órdenes eran precisamente contrarias a su conducta y ellos, cruzando entre sí miradas de complicidad y sonrisas sardónicas y llevándose el dedo índice a la sien como para indicar veladamente que yo estaba cuatro puntos por encima de «gagá» y uno por debajo de «para el desguace», me mostraron una hoja de papel sin membrete ni sello oficial, en la cual una burda imitación de mi caligrafía anunciaba que el Duque y la Duquesa de la Estación Espacial *Derrida* recababan la asistencia de toda la oficialidad de la nave, así como del resto de la tripulación e incluso de los pasajeros al Festival Interestelar de las Artes, con un sustancioso descuento en el precio de los abonos, y que yo, en el uso de mis prerrogativas, ordenaba se adoptaran las medidas necesarias para el inmediato traslado de estas personas, es decir, de todas las personas que se hallaban a bordo de la nave sin excepción alguna a la Estación Espacial y en ella al Auditorio Real, donde el personal de dicho Auditorio las conduciría a las localidades que les habían sido asignadas. Asimismo disponía que se entregara a los portadores de aquella misiva y con cargo a los fondos de liquidez de la nave, la suma de dinero correspondiente a los abonos, que se detallaba a continuación y que ascendía a una cifra verdaderamente abusiva, incluso para un Festival de tanto renombre.

A esta sarta de inexactitudes seguía una imitación de mi firma y rúbrica aún más burda que la de la letra. De inmediato deduje de dónde procedía la falsificación, pues recordé que, al término de la primera cena que el Duque y la Duquesa me habían ofrecido, el propio Duque, con grandes zalamerías, me hizo firmar en el Libro de Honor de la Estación Espacial, que luego, tras deshacerse en agradecimientos por los elogios que yo había escrito en dicho libro, guardó rápida y celosamente, sin duda con el propósito de imitar o hacer imitar por algún experto mi letra y mi firma.

Preguntados el primer y el segundo segundos de a bordo por la identidad de las personas que habían llevado a la nave aquella orden, describieron a dos enviados del Duque, ataviados con las túnicas ceremoniales propias de sus respectivos cargos, los cuales, además de cumplir con todas las formalidades propias del ritual cortesano habían añadido, contra el pago de los abonos, una buena propina para los dos segundos de a bordo en concepto de comisión, por lo que éstos no se molestaron en indagar su identidad ni dudaron de su legitimidad.

Les reprendí por haber obedecido una orden tan anómala sin haber solicitado previamente confirmación por mi parte y me respondieron que cosas peores me habían visto hacer.

Como su aliento apestaba a bebidas alcohólicas y además eran dos contra uno, estimé inútil seguir discutiendo con ellos. Otro tanto sucedió con el Chambelán cuando me encaré con él, pues se limitó a encogerse de hombros y a recordarme que, de acuerdo con el régimen político especial de la Estación Espacial, estaba prohibida toda interferencia de terceros en la toma de decisiones, correspondiendo ésta en forma exclusiva e inapelable al Duque y a sus legítimos descendientes. Por supuesto, añadió, si lo estimaba oportuno, nada me impedía presentar una queja oficial ante el propio Duque, por si éste tenía a bien presentar a su vez una disculpa oficial, pero, en todo caso, debía esperar al término del Festival, pues era impensable molestar al Duque o a la Duquesa durante los apretados actos que constituían dicho Festival, del cual, me recordó el Chambelán, estaba pendiente toda la Federación Interplanetaria.

No le faltaba razón al Chambelán y además habría sido demasiado tarde para tratar de rectificar lo actuado, porque los espectadores ya se encontraban en el interior del Auditorio Real y la Gala estaba a punto de empezar, de modo que no dije nada.

Antes de entrar en el Auditorio Real advertí con desazón que del suntuoso coliseo salía una incesante algarabía, la misma que había empezado a oír desde mi habitación y que yo había atribuido erróneamente a los habitantes de la Estación Espacial, cuando en realidad provenía de la gente de la nave, que celebraba estrepitosamente aquella inesperada variación en la monotonía de su largo encierro.

Me asaltaron negros presagios, pero nada podía hacer. Los altavoces colocados en la espléndida fachada del Auditorio emitieron potentes acordes musicales y una voz estentórea anunció que el espectáculo estaba a punto de empezar. A este anuncio siguió un rugido ensordecedor proveniente del público. Decidí dejar para más adelante el aspecto legal de la cuestión y, acompañado del primer y segundo segundos de a bordo y precedido del Chambelán, me dirigí al Palco que se nos había asignado.

En la sala del Auditorio el panorama presentaba peor cariz del que yo mismo me había figurado.

Las primeras filas del patio de butacas estaban ocupadas por la tripulación de la nave. A continuación se sentaban los Delincuentes. Tras éstos, las Mujeres Descarriadas, y por último, en las filas más cercanas a las puertas, los Ancianos Improvidentes. Con esto quedaba lleno el patio de butacas, por lo que todos los habitantes de la Estación Espacial se amontonaban en los palcos, el anfiteatro y los pisos altos. Esta separación me tranquilizó, pues de haberse mezclado gentes de tan distinto nivel social e intelectual podrían haberse producido roces, por más que la tripulación, según advertí de inmediato, iba fuertemente armada, con objeto de garantizar el orden público. La eficacia de esta medida, sin embargo, quedaba mermada por el estado etílico de todos los tripulantes de la nave, algunos de los cuales, por broma, habían desenfundado las pistolas y fingían apuntar a las cabezas de los espectadores autóctonos, que guardaban un escrupuloso silencio, se cubrían avergonzados los rostros con los abanicos, siguiendo la moda impuesta por la Duquesa, y trataban de pasar inadvertidos en la penumbra reinante en su zona.

Con creciente desasosiego advertí que el consumo de bebidas alcohólicas no se había restringido a la tripulación, sino que también el pasaje daba claras muestras de intoxicación, incluso los Ancianos Improvidentes, entre los que menudeaban las reyertas, unas de palabra y otras a bastonazos, pues si bien son débiles de constitución, tienen un carácter vivo y una disposición irritable, y se vuelven pendencieros si no están sedados.

Como sólo el doctor Agustinopoulos tiene acceso a las bebidas alcohólicas que se encuentran a bordo de la nave y de él no podía provenir su distribución, era evidente que dichas bebidas alcohólicas habían sido distribuidas dentro de la Estación Espacial, lo cual, por otra parte, podía constituir una imprudencia, pero no una ilegalidad, puesto que la reglamentación sobre el consumo de bebidas alcohólicas es competencia exclusiva de las autoridades de cada Estación Espacial, debiendo inhibirse en este punto quien las visite. Pero este detalle no aligeraba mi intranquilidad. En cuanto a mi propia gente, invitada y estimulada a mis espaldas, ¿debía considerar lo que allí hicieran responsabilidad mía?

De estas preocupaciones me distrajo momentáneamente la presencia en el palco de la señorita Cuerda, que se había agenciado para la ocasión uno de los aparatosos vestidos de ceremonial que usan los pobladores en la Estación Espacial sin distinción de sexos, pues su hechura holgada lo permite, de modo que algunos encantos de la señorita Cuerda quedaban velados, pero muy acrecentada la elegancia de su porte y la dulzura y perfección de sus facciones. Por desgracia no me fue posible sentarme a su lado, pues debido a mi rango, debía hacerlo en primera fila, a la derecha del Chambelán, y flanqueado por el portaestandarte y el guardia de corps. En la segunda fila se sentaban, además de la señorita Cuerda, los dos segundos de a bordo y el doctor Agustinopoulos, quedando vacías las dos butacas correspondientes al desaparecido Gobernador y a Garañón, a quien yo no había vuelto a ver desde el momento mismo del desembarco.

El palco contiguo, que, a juzgar por su boato, debía de ser el Palco Real, estaba vacío, pues si bien lo ocupaban normalmente el Duque y la Duquesa, acompañados de algún miembro selecto de la corte, en representación de Su Majestad el Rey inexistente, ahora el Duque se encontraba entre ca-

112

jas, preparándose para pronunciar la alocución inaugural, la Duquesa había hecho saber por medio de una dama de honor que se encontraba indispuesta, pero que haría acto de presencia en el transcurso de la Gala, y del abate no se había sabido nada en todo el día. Sin duda había sido retenido por algún imprevisto de última hora y llegaría con retraso.

Esta información me la proporcionó el Chambelán en un susurro, porque las luces de la sala se habían apagado y dos reflectores formaban un círculo de luz en mitad del gigantesco escenario.

Descendió el griterío proveniente del patio de butacas ante la expectativa provocada por el cambio de luces, pero volvió redoblada la bochornosa algarabía cuando el Duque, magníficamente engalanado, avanzó por el escenario hasta situarse en el centro del círculo de luz. Sólo después de un largo rato y profusión de ademanes imperiosos por parte del Duque, a los que yo uní mis ruegos y llamadas en un intento de restablecer el orden y, sobre todo, de dejar en buen lugar a mi gente, se restableció un mínimo silencio que permitió al Duque dirigir la palabra al respetable público.

No me tranquilizó advertir que la alocución del Duque consistía en una premiosa bienvenida a todos los asistentes y muy en especial a quienes habían venido de tan lejos con el único propósito de asistir al Festival, lo que provocó grandes carcajadas en el patio de butacas, pues los únicos forasteros que allí había eran precisamente los tripulantes y pasajeros de la nave, ninguno de los cuales había embarcado con el propósito de asistir a ningún Festival, sino en contra de su voluntad, en virtud de medidas coercitivas derivadas de sentencias judiciales y en muchos casos con intervención de la fuerza bruta.

A este desacertado principio siguió una larga disertación sobre las excelencias del Festival y los méritos de quienes habían dedicado su entusiasmo y su energía, sin escatimar sacrificios, a hacerlo posible.

Como en realidad esta disertación reproducía palabra por palabra lo que el mismo Duque me había dicho unos días atrás en forma confidencial, me abstendré de consignarla de nuevo, limitándome a señalar ahora que los razonamientos que me habían parecido tan convincentes la primera vez, me lo parecieron menos la segunda, y que por parte del público la disertación fue acogida muy diversamente, pues si bien en los palcos y los pisos altos del Auditorio, ocupados por los habitantes de la Estación Espacial, reinó un respetuoso silencio durante toda la intervención del Duque, en el patio de butacas hubo continuas interrupciones en forma de exclamaciones, silbidos y pataleo.

Nada de todo esto, sin embargo, disuadió al Duque de concluir la perorata, limitándose a parar cuando era interrumpido y a repetir cuantas veces consideraba necesarias los fragmentos que el bullicio había hecho a su juicio ininteligible, con lo cual lo que había de durar mucho duró muchísimo.

Cuando por fin el Duque dio por terminado su discurso, declaró oficialmente inaugurado el Festival Interestelar de las Artes, saludó a los escasos aplausos que se le tributaron en medio de un espantoso abucheo y se retiró. La escena permaneció unos momentos a oscuras y una voz anunció por los altavoces la primera actuación de la Gala.

Se volvieron a encender los focos y vimos en el escenario a un individuo no muy alto y bastante gordo, vestido de jinete, con chaquetilla corta adornada con tachuelas de plata, pantalón ceñido, grandes espuelas en forma de estrella y sombrero de ala ancha, el cual, tras saludar al público haciendo airosos molinetes con el sombrero, explicó que iba a representar para todos nosotros un vistoso ejercicio de doma y adiestramiento tal como lo practicaron en la antigüedad los caballistas de México, el sur de los Estados Unidos y algunas tribus del Asia Central, y añadió que estos ejercicios unían lo acrobático a lo cultural, pues habiéndose practicado siglos antes por etnias ya extintas, habían pasado a formar parte del patrimonio etnológico de la Humanidad.

Dicho lo cual, procedió a ejecutar las suertes anunciadas. Pero como lo hacía sin caballo, el ejercicio resultaba más ridículo que gallardo y, en términos generales, bastante absurdo y aburrido de ver, por lo que no pasó mucho rato antes de que estallase un verdadero escándalo en el patio de butacas.

Viendo la mala acogida de que se le hacía objeto, volvió a saludar el jinete con su sombrero y salió precipitadamente del escenario cuando empezaban a caer en él los primeros objetos lanzados desde las filas intermedias de la platea, es decir, las ocupadas por las Mujeres Descarriadas. Por suerte, las luces que iluminaban el escenario se apagaron antes de que pudiera reconocerse la naturaleza de los objetos arrojados y cuando se volvieron a encender ya habían sido retirados del escenario.

La misma voz de antes anunció entonces la actuación de un coro de madrigales fundado y dirigido por la Duquesa y que, según la voz anunciadora, ya había participado en Festivales anteriores con gran éxito de público y crítica.

El coro resultó estar compuesto por una veintena de habitantes de la Estación Espacial, vestidos como siempre. Tal vez su aparición no habría suscitado una recepción negativa del público si no hubiera ocupado el podio del director el mismo charro que acababa de ser expulsado de la escena y en el que reconocí tardíamente al Chantre de la corte que nos había acompañado en nuestra primera cena.

Aún estaban los cantantes afinando las voces cuando cayó de nuevo sobre el escenario una lluvia de objetos diversos y sonaron los primeros disparos efectuados al aire, que por fortuna no causaron daños personales ni materiales.

Las cosas iban mal, pero lo peor aún estaba por venir.

Ante el silencio estupefacto de la población local, que seguía la marcha de los acontecimientos ocultando su confusión tras los abanicos, arreció el estrépito, y no sé adónde nos habría conducido aquel pandemónium si de las bambalinas no hubiera empezado a salir una densa columna de humo negro que se fue extendiendo primero por el escenario, provocando toses entre los cantantes, y luego por las primeras filas de la platea.

Entre el público se hizo primero un silencio expectante, por si este fenómeno formaba parte del espectáculo, pero al cabo de poco se empezaron a oír voces aisladas que exclamaban «¡Fuego!, ¡fuego!»

Entonces la voz de siempre informó a través de los altavoces de que, efectivamente, debido a un fallo mecánico, se había declarado un pavoroso incendio en el interior del teatro, pero que la organización del Festival declinaba toda responsabilidad. Se oyó un chisporroteo y los altavoces enmudecieron definitivamente. Para entonces las llamas ya habían hecho su aparición.

En el cumplimiento de mis obligaciones, y sin ánimo de interferir en los asuntos internos de la Estación Espacial, me dirigí al Chambelán y le pregunté si confiaba en que los servicios de extinción de incendios del local o, en su defecto, el cuerpo de bomberos de la Estación Espacial podrían controlar la situación, a lo que respondió el Chambelán que él no podía garantizar la eficacia de ninguno de los cuerpos aludidos, pero que, en todo caso, nadie intervendría sin orden expresa del Duque, por lo que había que esperar a que el Duque hiciera acto de presencia en el Palco Real y se ocupara del imprevisto. El Chambelán añadió que tal vez se estuviera duchando. En su voz, sin embargo, me pareció detectar cierto nerviosismo.

117

No era para menos. Las llamas habían prendido las cortinas e invadían el escenario. Los componentes del coro de madrigales habían saltado al patio de butacas y, abriéndose paso a codazos, trataban de ganar las puertas de salida, pero éstas se hallaban obstruidas por los Ancianos Improvidentes, los cuales se habían precipitado hacia la salida y habían caído los unos sobre los otros en confuso montón.

Consideré llegado el momento de prescindir del reglamento vigente y, volviéndome al primer y al segundo segundos de a bordo, les ordené que se hicieran cargo de la extinción del fuego, apropiándose del material pertinente, tal como extintores, mangueras y bocas de riego, y que organizaran la rápida y segura evacuación del local.

Antes de que pudieran aceptar o rechazar la orden, intervino el Chambelán para decir, en tono desesperado, que cuanto se hiciera al respecto resultaría, además de ilegal, inútil, porque no había ningún dispositivo contra incendios en todo el Auditorio ni en las proximidades.

Como para dar verosimilitud a sus palabras, señaló con gesto dramático hacia el escenario y, al volver la mirada hacia donde él señalaba, vi cómo el telón del foro, así como el forillo y las bambalinas desaparecían convertidos en pavesas, dejando ver un extenso campo baldío cubierto de polvo y cascotes.

Preguntado al respecto respondió el atribulado Chambelán que el antiguo Auditorio Real se había hundido años atrás, así como los demás monumentos de la Estación Espacial y que el local que ahora ocupábamos era sólo un bastidor de madera que reproducía toscamente la vieja sala, el escenario y el foyer.

Así debía de ser, porque el teatro ardía como una tea por los cuatro costados. Preguntado por el cuerpo de bomberos, reconoció el Chambelán que no existía. También respondió negativamente a la pregunta de si había agua en las inmediaciones.

El doctor Agustinopoulos propuso utilizar el agua de la laguna, que no estaba lejos del Auditorio, pero el Chambelán, al oír esta propuesta, levantó despavorido los brazos al cielo y exclamó que no lo hiciéramos por ningún motivo. Las aguas de la laguna se habían secado hacía mucho tiempo y el agua de los pocos charcos que aún quedaban era sulfurosa y fosfórica, por lo que su utilización ocasionaría una catástrofe sin precedentes.

Le señalé que, sin menoscabo de sus razones, algo había que hacer, porque el fuego había subido por las columnas y alcanzado el anfiteatro, y los espectadores que allí había estaban empezando a arder estoicamente sentados y en silencio.

A esto respondió el Chambelán que no debía preocuparme por la población civil de la Estación Espacial, puesto que en dicha Estación Espacial únicamente quedaban veinte personas, las mismas que componían la corte y el coro de madrigales, y las mismas que en aquel preciso instante pugnaban desesperadamente por salir del local en llamas. El resto, añadió señalando los palcos circundantes, el anfiteatro y los pisos superiores, sólo eran muñecos de trapo y cartón, puestos allí para simular una audiencia tan nutrida como inexistente.

Sí debía preocuparme, en cambio, siguió diciendo el Chambelán, por los seres vivos que se amontonaban en el último tramo del patio de butacas y a quienes las llamas estaban a punto de alcanzar, así como por la seguridad de quienes contemplábamos este dramático suceso desde el palco de honor, puesto que tampoco para nosotros había salida, ya que la escalera principal era una hoguera y la preceptiva escalera de emergencia no existía. Y acabó diciendo que empezaba a temer que el Duque no haría acto de presencia en el Palco Real, por lo que, en virtud de mi rango y de acuerdo con la reglamentación vigente, toda la responsabilidad de lo que allí pasara me incumbía sólo a mí.

Tras unos segundos de consternación por parte de todos, que aprovechó el doctor Agustinopoulos para murmurar que todo aquello nos estaba bien empleado por fiarnos de los promotores culturales, a lo que respondió el Chambelán que peores resultados daba fiarse de los médicos, salió la señorita Cuerda de su calma reflexiva para señalar que, si el edificio era de madera y probablemente de madera de la peor calidad, tal vez se pudiera practicar un boquete en la pared que comunicaba con el exterior golpeándola con algún objeto grande y pesado.

No bien hubo acabado la señorita Cuerda de hacer esta sensata sugerencia, cogieron el primer segundo de a bordo y el segundo segundo de a bordo al Chambelán por los tobillos y las muñecas, lo balancearon y cuando hubo adquirido suficiente impulso y haciendo caso omiso de sus firmes protestas, lo arrojaron contra la pared.

Me asomé por el boquete practicado por este método y vi que mediaba una considerable altura entre el boquete y el suelo. No pareciéndome bien saltar sobre el cuerpo exánime del Chambelán para amortiguar el golpe, propuse formar una maroma con los cortinajes. Visto que dichos cortinajes eran de papel reciclado imitación velludo, se despojó la señorita Cuerda de su amplio vestido palaciego, lo desgarró con admirable destreza, anudó las tiras y, atando a la barandilla del palco un extremo de la maroma así obtenida, nos instó a escapar de aquel infierno sin más demora.

En el ejercicio de mis responsabilidades, ordené al guardia de corps salir en primer lugar, para comprobar la resistencia del dispositivo y, viendo que el cordaje resistía, lo seguí a toda prisa, siendo imitado luego con igual celeridad por los demás ocupantes del palco.

Reunidos en el exterior, a salvo de las llamas, corrimos hacia la entrada principal del Auditorio para tratar de rescatar a los que todavía permanecían atrapados en el interior del edificio, y cuyos gritos de auxilio se podían oír por toda la Estación Espacial e incluso más allá.

Todo el patio de butacas debía de ser ya un ascua y el techo se había derrumbado. Por suerte, todos o casi todos los que habían ocupado el patio de butacas habían conseguido desbloquear las salidas y acceder al foyer. Claro que una vez allí se habían encontrado con una desagradable sorpresa, pues la puerta principal, que era la única practicable, ya que todas las demás puertas eran falsas, se había convertido en una hoguera de todo punto infranqueable.

La señorita Cuerda con la autoridad que le daba su anterior intervención, así como el hecho de ir en paños menores, propuso que hiciéramos lo mismo que acabábamos de hacer, es decir, que volviéramos a practicar una abertura en la fachada del Auditorio para facilitar la salida de los que estaban dentro.

Nos pusimos manos a la obra, pero aquella sección de la fachada era más sólida de lo previsto y no disponíamos de herramienta alguna con que horadarla, salvo algunos trozos de madera o de metal dispersos por el suelo. Intentamos comunicar a los de adentro nuestro propósito para levantarles el ánimo y exhortarles a colaborar en la operación, pero el griterío y la confusión reinantes en el foyer les impedían oírnos.

Seguimos golpeando arduamente la fachada del Auditorio, que ardía con ganas, a fin de rescatar a los que habían quedado atrapados en su interior, pero el resultado era exiguo en lo concerniente a la salvación de los de adentro, y aventurado en lo concerniente a la salvación de los de afuera, pues, según nos advirtió el primer segundo de a bordo, Graf Ruprecht von Hohendölfer, que en una época había ejercido de picapedrero en un presidio, los golpes hacían poca mella en la pared, pero la vibración podía acelerar el desmoronamiento de la parte del Auditorio que todavía estaba en pie, con el consiguiente perjuicio de los unos y los otros.

No andaba desencaminado el primer segundo de a bordo en su dictamen, pues del pomposo frontispicio empezaban a caer fragmentos de diversos tamaños, ninguno desdeñable, en estado de tenaz ignición, lo que nos obligó a proseguir la labor de zapa con la vista puesta en lo alto para poder esquivar aquella mortífera lluvia de cascajos.

Viendo próximo mi fin, decidí aprovechar la ocasión para hacer partícipe a la señorita Cuerda de mis sentimientos con respecto a su persona, pero cuando me volví hacia ella la sorprendí despidiéndose apasionadamente del segundo segundo de a bordo, por lo que decidí aplazar mi declaración hasta un momento más propicio.

Transcurría el tiempo con su habitual rapidez y nada hacía presentir que la aventura no acabaría con el achicharramiento de todos los implicados, con la propagación del incendio a toda la Estación Espacial, así como a la nave acoplada a la misma y, de resultas de ello, con la definitiva cancelación del Festival Interestelar de las Artes, cuando se produjo un acontecimiento tan simple como providencial.

Inesperadamente, pues conforme a lo que nos había revelado el Chambelán poco antes de devenir ariete creíamos que no había en toda la Estación Espacial nadie más que los allí presentes, se oyó una recia y no desconocida voz que por medio de un megáfono nos instaba a apartarnos de allí a toda prisa.

Así lo hicimos y en el acto se oyó un estruendo, se estremeció el suelo y brotó del fondo de un corredor un caudaloso chorro de agua como si se hubiera desbordado un río.

Reventó la fachada por el empuje de las aguas e invadieron éstas el Auditorio, extinguiendo el fuego en pocos segundos y en medio de gran humareda y fragor y crujido de madera rota.

Me vi arrastrado por la corriente y hube de bracear con inusitada energía para no ahogarme, pero este peligro duró sólo un instante. Pronto me depositó el agua en un desnivel del suelo y pude respirar de nuevo, comprobar la integridad física de mi persona y echar un vistazo al desolado panorama que me rodeaba.

No lejos de mí distinguí al doctor Agustinopoulos, abrazado al guardia de corps, y algo más allá, al segundo segundo de a bordo y al portaestandarte. En un talud, también abrazados, estaban el primer segundo de a bordo y la señorita Cuerda. Esta visión empañó la alegría de saberlos a todos a salvo.

Del Auditorio Real sólo quedaba una montaña de carbón, ceniza y lodo, por las laderas de la cual reptaban los supervivientes del cataclismo provocado por el incendio y la inundación. Eran en su mayoría tripulantes y Delincuentes que, más vigorosos que los Ancianos Improvidentes y con más instinto de conservación que las Mujeres Descarriadas, habían conseguido sobrenadar la riada y posarse en la superficie del derrumbe.

Sin pérdida de tiempo di orden de escarbar en la pila de escombros para desenterrar a los que habían sido sepultados. Extraídos de uno en uno y no sin riesgo y forcejeo, los volvía a la vida el doctor Agustinopoulos practicándoles el boca a boca con ayuda de algunos aficionados.

Al cabo de una hora o dos habíamos recuperado a toda la tripulación y a la gran mayoría del pasaje, no habiendo que lamentar por el momento más que diez o doce bajas en total, así como un número indeterminado de fracturas, luxaciones, quemaduras, intoxicaciones por inhalación de humo o ingestión de agua o polvo, varias crisis nerviosas, uno o dos casos de ceguera transitoria y algunas pérdidas de memoria reales o fingidas.

Un pequeño problema se presentó con motivo del rescate de los habitantes de la Estación Espacial, pues algunos tripulantes y pasajeros de la nave, considerándolos cómplices del trágico percance que había estado a punto de costarnos la vida a todos, pretendían volverlos a enterrar conforme los iban desenterrando, e hizo falta toda mi autoridad y mi poder de disuasión, así como la mediación piadosa de las Mujeres Descarriadas, para que no llevaran a cabo su venganza. Finalmente accedieron a aplazarla hasta tanto no se hubieran esclarecido las causas del siniestro y determinado el grado de culpabilidad de los implicados.

Por el momento, lo más urgente era regresar a la nave y ponernos ropa seca.

De la Estación Espacial no quedaba nada en pie, salvo el simulacro de edificios que se veían a lo lejos y que se iban hundiendo socavados por el agua. Las dependencias del palacio ducal que no habían sido pasto de las llamas habían quedado irreparablemente dañadas por la inundación. Las pérdidas materiales, sin embargo, no habían sido cuantiosas, pues el mobiliario y la ornamentación eran sólo cartón y purpurina. Arrastrados por las aguas los paramentos, tapices y colgaduras, habían quedado al descubierto unos muros endebles, llenos de grietas y desconchados.

Toda la Estación Espacial *Derrida* era un engaño, un pobre decorado sustentado sobre una estructura vieja cuya posible duración, en el mejor de los casos, habría podido contarse por meses, si no por días o incluso por horas. En estas condiciones ruinosas, el Duque y la Duquesa, con la complicidad del Chambelán y la aquiescencia forzada de los pocos habitantes del lugar, habían ido sobreviviendo precariamente a base de mentira y falsa pompa. La situación era insostenible cuando la llegada providencial de nuestra nave les brindó un plan para ponerse a salvo de la catástrofe.

Esta explicación, sin embargo, me traía sin cuidado en aquellos momentos, por lo que dejé con la palabra en la boca a los que la daban y decidí salir de allí cuanto antes, no sin antes proveernos de las mercaderías que habíamos venido a buscar.

Interrogados al respecto los habitantes de la Estación Espacial, confesaron que en los almacenes reales no había medicinas, ni balastos, ni mercadería alguna, por lo que habría supuesto una pérdida de tiempo ordenar su saqueo.

En realidad, añadieron, en la Estación Espacial no había nada, salvo unas latas de conserva caducadas, con las que habían confeccionado los banquetes que nos habían sido ofrecidos.

Dicho esto, los propios habitantes de la Estación Espacial, ante la perspectiva de morir de inanición, nos rogaron que los lleváramos con nosotros en la nave.

Inicialmente me opuse a ello, pero el primer segundo de a bordo, que parecía haber perdido a la señorita Cuerda en medio de tanto desbarajuste y mezcolanza, pero no el afán de mostrar sus conocimientos de picapedrero, me indicó que los cimientos y las estructuras de sustentación de la Estación Espacial *Derrida* estaban seriamente dañados, por lo que era de prever el desprendimiento de sus partes, cuando no la desintegración total de la misma en breve plazo.

En vista de lo cual, y en el ejercicio de mis atribuciones, autoricé el embarque de los habitantes de la Estación Espacial y su distribución en los sectores de Mujeres Descarriadas, Delincuentes o Ancianos Improvidentes, según correspondiera a su sexo, a su edad y, en general, a su aspecto. Asimismo dispuse que se les proporcionara ropa, jabón y adminículos de afeitar, así como sustento hasta tanto no pudiéramos depositarlos en la próxima etapa de nuestro trayecto.

Acto seguido ordené el embarque inmediato del pasaje y de la tripulación.

Por fortuna, la nave no había sufrido desperfectos, aunque la humareda había tiznado el flanco adosado a la dársena y el olor a chamusquina invadido sus dependencias.

Cuando se hubieron contabilizado las personas a bordo, hubo ocupado la tripulación sus puestos y quedaron convenientemente recluidos los pasajeros en sus respectivos habitáculos, di orden de cerrar las escotillas y proceder a la operación de desamarre.

Mientras se llevaba a feliz término la citada operación, me puse ropa seca y salí en busca de la señorita Cuerda, a la que suponía exhausta y aún bajo los efectos del miedo y, por consiguiente, no del todo reacia a compartir conmigo una botella de Sancerre. Sin embargo, aunque había entrado con el resto del pasaje y había sido vista dentro de la nave después de cerrada la escotilla, nadie supo darme razón de su paradero.

Viernes, 23 de junio

Después de un día de merecido descanso, reanudo la redacción de este grato Informe para dar cumplida cuenta de nuestra lamentable situación y aclarar algunos cabos sueltos concernientes a la espeluznante y desastrosa aventura vivida en la Estación Espacial *Derrida*, de infausta memoria.

Empezaré aclarando el origen de la providencial riada que nos salvó la vida *in extremis*, aunque para ello deba remontarme un poco en el tiempo.

Hace varios días, recién llegados a la Estación Espacial *Derrida*, recibí en mi habitación, como ya hice constar en este grato Informe, la visita del depuesto y luego desaparecido Gobernador de la Estación Espacial *Fermat IV*, que quería mostrarme una gamba de goma encontrada en la paella. Como yo entonces no le hice ningún caso, decidió el obstinado Gobernador proseguir por su cuenta las indagaciones y reunir pruebas con las que respaldar sus sospechas de que allí había gato encerrado.

Aprovechando el sosiego de la noche, abandonó el palacio ducal y se dirigió a la laguna, de donde procedían las afamadas gambas de la Estación Espacial. Al llegar allí constató lo que luego el Chambelán me dijo: que la laguna se había secado en parte y el resto convertido en una ciénaga apestosa.

Convencido de haber desentrañado el misterio de la Estación Espacial y puesto en evidencia las patrañas de los duques, emprendió regreso a palacio, pero a los pocos pasos sintió sus fuerzas flaquear. Demasiado tarde comprendió que la falsedad se extendía también al sistema de oxigenación de la Estación Espacial y que los efluvios provenientes de la laguna contenían sustancias mefíticas que habían afectado su organismo.

Quiso pedir auxilio y no consiguió articular sonido alguno. Quiso encender una cerilla y no pudo.

Sintiéndose morir, se sentó en el suelo, apoyó la espalda en el pedestal de la estatua del último representante de la Restauración Monárquica, Su Alteza Real el Infante Luis Ferdinando de Occitania y Franconia, alias Mamarracho a Tope, entornó los ojos y perdió el conocimiento, no sin antes comprobar que el pedestal y la estatua eran de papelote.

Lo primero que vio al recobrar el sentido fue el rostro barbado y ceñudo de un hombre que lo miraba con fijeza, el cual le dijo que se encontraba a salvo y en manos amigas. Y para demostrárselo, se quitó la barba y el ceño postizos y reveló ser ni más ni menos que Garañón, a quien todos dábamos ya por desaparecido.

Puso entonces el Gobernador a Garañón al corriente de sus descubrimientos y respondió éste que no le pillaban por sorpresa, pues también él conocía las turbias intenciones del Duque. Y acto seguido le contó la razón de su extraña conducta y camuflaje.

Según este relato, Garañón era en realidad hijo ilegítimo de la Duquesa, la cual, para ocultar un pecadillo de juventud, lo había entregado a una familia de delincuentes ambulantes que se habían hecho cargo de su crianza y formación. Ahora, ya que los giros fortuitos de la vida lo llevaban junto a su verdadera madre, había decidido poner el asunto en claro y, si se confirmaban sus suposiciones, reclamar el título de Duque de la Estación Espacial que legítimamente le correspondía.

Como la historia de Garañón le fue contada en las tenues horas de la madrugada, a media voz y a la luz de un candil, y acompañado de ademanes teatrales y un fuerte olor a vino, el Gobernador decidió no concederle el menor crédito.

Al día siguiente, es decir, el pasado lunes, 19 de junio, dejando en el camarote al Gobernador, todavía postrado por haber inhalado los vahos hediondos de la laguna, salió Garañón a hacer gestiones.

Al atardecer regresó cansado y alicaído. Había pasado el día entero rondando a la Duquesa con el propósito de poder hablar con ella a solas y revelarle su presunta identidad, pero no lo había conseguido, pues la Duquesa estaba a veces en compañía del Duque, a veces de alguna dama de honor, y siempre del abate Pastrana.

El Gobernador dijo entonces a Garañón que no se desanimara tan pronto, que estas cosas requerían tiempo y una buena dosis de perseverancia, y le propuso acudir aquella misma noche a la alcoba de la Duquesa, en compañía del propio Gobernador, que ya estaba repuesto de sus males, y cuya presencia tranquilizaría a la Duquesa y daría a la entrevista garantías de formalidad.

Aceptó Garañón la sugerencia, pero rechazó la de hacerse acompañar por el Gobernador, pues los efectos de la inhalación habían dejado huella en su aspecto físico, como el mismo Gobernador pudo comprobar al mirarse al espejo y ver con espanto que la piel de la cara se le había vuelto de color violeta, los ojos parecían dos bolas de billar y de la nariz le colgaban dos mocos congelados de un palmo de longitud y de un perverso tono ambarino.

Le dio mucha pena verse así, pero no quiso renunciar a la posibilidad de proseguir su investigación, de modo que le dijo a Garañón que le acompañaría para asesorarle en caso de duda, pero sin dejarse ver.

Fueron, pues, los dos a la alcoba de la Duquesa, llamaron a la puerta y nadie contestó. Garañón abrió la puerta con una ganzúa y encontró la habitación vacía, ya que la Duquesa, en aquel preciso momento, como recordará quien haya leído este grato Informe, se encontraba en mi habitación, sentada en la piltra y hablando conmigo.

Regresaban Garañón y el Gobernador mohínos y defraudados al camarote del primero, cuando oyeron ruido de pasos, se ocultaron en un rincón oscuro y vieron pasar a la señorita Cuerda, la cual, como también he consignado en este grato Informe, se dirigía a mi habitación por voluntad propia. Garañón indicó por señas al Gobernador que no revelaran su presencia, pero como al Gobernador, según también quedó dicho, le había dado la chaladura de que la señorita Cuerda era su propia hija, no pudo resistir la tentación de salirle al paso para prodigarle unas muestras de cariño que llenaron a la señorita Cuerda de sobresalto y terror.

Entró gritando despavorida la señorita Cuerda en mi habitación diciendo que la perseguía un monstruo y trató de seguirla su pretendido padre para revelar quién era, aclarar el malentendido y explicar el origen de sus feos mocos, pero Garañón se lo impidió. Mientras forcejeaban, volvió a salir al corredor la señorita Cuerda, perseguida por mí, y yo por el abate Pastrana, en quien nadie había reparado hasta entonces.

Advirtiendo el peligro que yo corría, vino Garañón en pos de los tres y para impedir que el abate me alcanzara, lo despachó con su habitual decisión y con la escopeta de cañón recortado que siempre lleva consigo.

Por su parte, el Gobernador, viendo a la Duquesa en la habitación, el camino expedito y la ocasión ventajosa, se coló en la habitación y, agitando la gamba de goma, se encaró con la Duquesa, la cual, al verlo, se desmayó.

Garañón, que regresaba en aquel momento arrastrando por los pies el cuerpo del abate para borrar todo indicio de sus correrías, reprendió al Gobernador y trató de reanimar a la Duquesa. Volvió ésta en sí, se encontró con el rostro de un hombre barbado y ceñudo que arrastraba un cadáver y le decía «¡Mamá, mamá!», y volvió a desmayarse.

No habiendo más que hacer allí, endosó Garañón el cuerpo del abate al Gobernador, cargó él con la Duquesa en brazos, y salieron los cuatro de la habitación. Y por este motivo yo no encontré a nadie cuando regresé de mis inútiles requerimientos en el camarote de la señorita Cuerda.

Mientras tanto, Garañón, el Gobernador y sus acompañantes habían llegado al camarote del primero. Allí dejaron a la Duquesa inconsciente, pero amordazada y atada a la piltra por si al recobrar el sentido pretendía huir, y se deshicieron del cuerpo del abate arrojándolo a una de las ciénagas de la laguna, en la que desapareció al instante entre burbujas y gorgoteos.

Luego regresaron al camarote, revelaron a la Duquesa, que ya había vuelto en sí, quiénes eran y la convencieron de que habían obrado con la mejor de las intenciones. También ella, por su parte, según les dijo la propia Duquesa, había actuado por las mismas razones, pues aquella noche había acudido a mi habitación a prevenirme de la trampa urdida por el Duque para perdernos a todos sin remisión.

Atónitos se quedaron el Gobernador y Garañón cuando la Duquesa les reveló que su marido, el avieso Duque, nos tenía preparada una trampa mortal.

En efecto, unos días antes la Duquesa había oído a su marido hablar con el Chambelán, con quien al parecer estaba confabulado, de un siniestro total y de cobrar una póliza de seguros y de cómo el Duque había previsto fugarse de la Estación Espacial *Derrida* en nuestra propia nave, de la que planeaba apoderarse mediante un golpe de ingenio y audacia.

Ante semejante revelación, decidieron regresar los tres a la nave para avisar del peligro a los mandos y a la tripulación. Pero cuando llegaron a la nave, la encontraron completamente vacía, porque ya para entonces el Duque había conseguido, con engaños y falsificaciones, llevar a todos los ocupantes al Auditorio, supuestamente a presenciar el Festival Interestelar de las Artes, pero, en realidad, con el propósito de freírlos a traición.

Garañón, el Gobernador y la Duquesa optaron por aguardar en la nave el desarrollo de los acontecimientos hasta que al cabo de un rato vieron elevarse una columna de humo sobre el frontispicio del Auditorio Real, y de inmediato comprendió la Duquesa cuál era el espeluznante plan de su marido.

Deliberaron los tres y, después de rechazar varias propuestas inviables, la Duquesa tuvo la feliz idea de provocar una inundación, para lo cual, dada la disposición radial de la Estación Espacial, sólo tenían que destapar todos los aljibes de la nave y dejar que el agua allí almacenada invadiera los corredores y fuera a desembocar en el Auditorio Real, emplazado en el centro geométrico de la misma. Y así lo hicieron, con los resultados ya descritos en este grato Informe.

Finalizado este relato, y en mi condición de comandante, reprocho a Garañón su conducta, haciéndole ver que ha tomado innumerables decisiones sin pedir la debida autorización, pero añado que, en reconocimiento por habernos salvado a todos de una muerte horrible, no formularé cargos contra él ni haré una anotación negativa en su expediente.

Garañón me da las gracias con una humildad insólita en él, que atribuyo a su evidente estado general de abatimiento.

Preguntado al respecto, confiesa estar atravesando una crisis personal por el asunto de la Duquesa, la cual, pese a su insistencia, persiste en negar rotundamente ser su madre. Le prometo ocuparme del asunto en el ejercicio de mis funciones, hablar con la Duquesa e interceder por él y le ordeno regresar a su lugar de reclusión reglamentario.

Acto seguido invito a comparecer a la Duquesa y aprovecho la ocasión para darle la bienvenida a bordo de la nave y preguntarle si el alojamiento que se le ha proporcionado le resulta confortable y placentero.

La verdad es que alojarla no ha sido cosa sencilla, porque dada su categoría no podía meterla sin más en el sector de las Mujeres Descarriadas ni, por supuesto, en ningún otro. Pero como yo no estaba dispuesto a cederle mi camarote, como habría sido reglamentario, ni ningún oficial habría estado dispuesto a cederle el suyo, aunque yo se lo hubiese ordenado, me decanté por una solución provisional en la confianza de que andando el tiempo se volviera definitiva, como suele suceder con las soluciones provisionales, las etapas de transición y los estados intermedios.

En el caso presente, la solución consistía en obligar al doctor Agustinopoulos a ceder su camarote a la Duquesa y ocupar él el quirófano contiguo, provisto de una cama no muy confortable, pero amplia y, por ahora, en desuso. Naturalmente, el doctor Agustinopoulos se negó a ello, hasta que le amenacé con denunciarlo por fabricación y venta reiterada de bebidas alcohólicas y sustancias tóxicas y con retirarle al guardia de corps, cuyo traje de alsaciana, de resultas del incendio, se había convertido en una sencilla falda de hawaiana.

La Duquesa asegura no tener queja alguna del camarote y la piltra, pero lamenta no disponer de agua para el baño. Le pido disculpas, pero le señalo cortésmente que fue ella quien tuvo la idea de vaciar los aljibes de la nave, que en estos momentos navega sumida en la más rigurosa aridez.

Dicho esto, le pregunto a bocajarro si es o no es la madre de Garañón.

Después de mucho titubear, mucho carraspear

y mucho abanicarse la cara, responde que no lo sabe.

Reconoce haber cometido un desliz hace ya bastantes años, cuando, poco después de haber contraído matrimonio con el Duque, se percató de la auténtica personalidad de éste, dos puntos por encima de «sabandija» y uno sólo por debajo de «verdadero monstruo». Condenada a vivir en el equivalente a un penoso cautiverio, aislada del mundo y esclavizada por el agobiante ritual de la corte, la Duquesa había buscado consuelo y conse-jo en un monje neófito de buenas prendas y gran rectitud moral, recién egresado a la sazón del ce-nobio, el ahora difunto abate Pastrana. De la mu-tua simpatía y compenetración surgida de aquellos frecuentes contactos, había nacido efectivamente un niño, cuya existencia la Duquesa no reveló a na-die y del que se desembarazó entregándolo a unos delincuentes ambulantes que todos los años acu-dían al Festival Interestelar de las Artes a pispar carteras. Dado lo anecdótico del caso y no habien-do tenido nunca más noticia de la criatura, la Du-quesa declinaba toda responsabilidad.

Con esta explicación considero cumplida la pro-mesa hecha a Garañón, por lo que despido a la Du-quesa, que se retira.

Salgo en busca de Garañón con objeto de in-formarle del resultado de mis pesquisas, pero no está en el sector de los Delincuentes, como le co-rrespondería. Hago indagaciones y me informan de que, por causa de su decaimiento, ha decidido ais-larse de sus compañeros.

Acto seguido voy en busca de la señorita Cuerda. Tampoco está en el sector de las Mujeres Descarriadas, las cuales a mis preguntas responden que la han visto hace un rato hablando con Garañón y que, compadecida de su desdicha, se ha ido con él para prodigarle sus consuelos, en vista de lo cual regreso a mis aposentos, donde ceno solo y sin vino, pues en mi ausencia ha desaparecido misteriosamente la última botella de Sancerre.

Martes, 27 de junio

Aunque todavía no me ha sido comunicado el destino final del trayecto, la navegación prosigue sin incidentes dignos de mención, pero sometida a muy duras condiciones por la carencia de agua. A quienes vienen a quejarse aprovecho para recordarles sus críticas cuando disponíamos de agua pútrida a la clorofila y no les parecía lo bastante buena para ellos. Ante este argumento irrebatible, se van derrotados, pero no contentos.

A la carestía de agua se une la de los productos farmacéuticos, de los que pensábamos surtirnos en la Estación Espacial *Derrida*, de infausta memoria, pues no sólo no pudimos reponer las existencias, sino que salimos de allí más necesitados de medicinas que al llegar. Los que sufrieron quemaduras en el pavoroso incendio son los que más padecen, seguidos de los que sufrieron fracturas, dislocaciones, contusiones, heridas y otros daños, así como los Ancianos Improvidentes, siempre necesitados de algún remedio para sus achaques. Sólo el porta-estandarte parece haberse beneficiado de lo suce-dido, pues del susto se le curó el acceso de vómito verde que tan molesto resultaba para sus compa-ñeros, pero al que él ya se había acostumbrado.

En el ejercicio de mis funciones, visito a diario las dependencias de la nave para conocer de cerca los padecimientos de la tripulación y del pasaje y paliarlos cuando es posible, y cuando no es posible, para levantar con mi presencia la moral de todas las personas a mi cargo.

En general, imperan la sensatez, la camarade-ría y la templanza, como suele ocurrir en tiempos de crisis, sobre todo al principio.

Las Mujeres Descarriadas, habituadas a los re-veses de la fortuna y a los ultrajes de la reprobación, son las que mejor sobrellevan la indigencia, aunque su feminidad se resiente al no poderse asear y aci-calar. Por fortuna, están desbordadas de trabajo, porque de resultas del pavoroso incendio, la canti-dad de ropa que hay que lavar, planchar y zurcir es inconmensurable. Esto las tiene entretenidas todo el día y llegan a la noche demasiado cansadas para protestar.

También en el sector de los Ancianos Improvi-dentes, en contra de lo previsible, hay serenidad e incluso un cierto afán de plantar cara a la adversi-dad, que se manifiesta de muy variadas formas: flo-recen como antaño las tertulias, se organizan jue-gos de salón y concursos de habilidad e ingenio, e incluso algunos, más cultos y emprendedores, han empezado a editar una revista titulada *Matusalén* que, si bien dedica un espacio excesivo a meterse conmigo, no carece de calidad ni de interés.

Los Delincuentes, aun siendo en teoría los más avezados a la vida dura, son, en cambio, los que peor soportan las incomodidades, pues su idiosincrasia los lleva a atribuir cualquier contrariedad a la incompetencia o al capricho de quien tiene el derecho y el deber de reprimirlos. Todavía no dan muestras de agitación, pero tengo por cierto que pronto surgirán problemas en este sector, y entonces la situación se puede complicar enormemente, porque la mayoría de las armas de que disponía la tripulación se perdió durante el incendio, cuando los tripulantes que las llevaban se desprendieron de ellas y las arrojaron lejos de sí para evitar que la pólvora les explotara encima. Como los misiles de uso externo se perdieron tiempo atrás, al dispararlos contra los balastos y, además, no son de uso interno, el arsenal de la nave se compone de unas cuantas pistolas descontroladas y poca cosa más. En estas condiciones, si los Delincuentes se sublevaran, la tripulación no podría sofocar el motín, aun cuando el resto del pasaje mantuviera la neutralidad. Este inconveniente, sin embargo, viene compensado por el saber que, desprovista de armas, no hay peligro de que la tripulación se me amotine.

Mientras tanto, nos dirigimos a la Estación Espacial más próxima, que se encuentra a nueve días de navegación, aunque este cálculo, en la zona helicoidal, está sujeto a muchos errores, como ya he explicado repetidamente. Aunque por ahora no hay indicios de agitación, estoy convencido de que ni la tripulación ni el pasaje resistirán tanto tiempo en condiciones tan malas sin provocar disturbios. Además, es muy probable, según me informa el doctor Agustinopoulos, que tengamos un número considerable de bajas por diversas causas.

Preguntado el primer segundo de a bordo, a cuyo cargo está la navegación, si no habría forma de llegar antes, responde que en la zona helicoidal todo aumento de velocidad supondría un aumento proporcional de la distancia que nos separa de nuestro objetivo.

Preguntado si no podríamos tomar una ruta que soslayase la maldita zona helicoidal, responde que no lo sabe. En la Academia de Mandos donde cursó sus estudios sólo le enseñaron a navegar por la zona helicoidal. Le agradezco el informe y se retira.

Viernes, 30 de junio

Esta madrugada un incidente inesperado ha venido a alterar la triste monotonía de la navegación.

A eso de las ocho y media, cuando estaba en lo más profundo de mi sueño, me ha despertado el primer segundo de a bordo para informarme de que un par de horas antes había sido descubierto un polizón que viajaba oculto en la sentina y que, según parece, había salido a merodear acuciado por el hambre.

Capturado y esposado, el polizón ha sido conducido a presencia del oficial de guardia, el cual, tras rellenar los formularios correspondientes, ha informado al primer segundo de a bordo y éste, de acuerdo con el reglamento en la materia, me viene a informar a mí.

Me visto, desayuno y, tras someterlo a una larga espera para sembrar en su ánimo la confusión y el desaliento, hago comparecer al polizón. Es un hombre de edad indefinida y rasgos abultados, casi deformes. Viste harapos y a mis preguntas responde con gruñidos, como dando a entender que desconoce nuestro idioma.

Ante esta dificultad, convoco al doctor Agustinopoulos, como médico de a bordo, y éste, con sólo verlo, se echa a reír, pide que el polizón sea atado firmemente a una silla a fin de imposibilitarle todo movimiento y acto seguido, con unas pinzas, le arranca la nariz y varios pedazos de cara, que resultan ser de goma, dejando al descubierto las facciones del Duque. ¡Menuda sorpresa!

Viéndose desenmascarado, el Duque confiesa haberse escondido en la nave aprovechando la ausencia de la tripulación y el pasaje poco después de haber pronunciado el discurso inaugural del Festival Interestelar de las Artes y de haber activado el dispositivo de efecto retardado que había de provocar el incendio del Auditorio Real. Su propósito, claro está, era apoderarse de la nave para huir de la Estación Espacial *Derrida*, de ingrato recuerdo, alcanzar otra Estación Espacial, y allí empezar una nueva vida, convenientemente disfrazado, con papeles falsos y con el dinero de las entradas, más el que esperaba cobrar del seguro.

Preguntado dónde está el dinero de las entradas a que acaba de aludir, dice primero haberlo transferido a una cuenta remota, luego, haberlo perdido, luego, habérselo gastado, y, por último, tras recibir un par de pescozones, confiesa haberlo escondido detrás de una tubería de la sentina.

Como por la sentina pasa un verdadero amasijo de tuberías, le insto a que nos revele el lugar exacto donde está escondido el dinero, haciéndole ver que lo necesitamos para comprar agua y medicamentos en la Estación Espacial más próxima, si conseguimos llegar allí con vida.

Responde con sarcasmo que sólo revelará el paradero del dinero si le garantizo por escrito la impunidad de sus fechorías, le permito seguir viaje a bordo de la nave en calidad de huésped de honor y en compañía de la Duquesa, de cuya presencia en la nave ha tenido noticia, y si le entrego el veinticinco por ciento del dinero de las entradas, al que pretende tener derecho conforme al reglamento, pues el Festival se suspendió habiendo transcurrido más de media hora desde el inicio del espectáculo.

Ante semejante desfachatez, y tras conferenciar brevemente con el primer y segundo segundos de a bordo, con el doctor Agustinopoulos y con el Gobernador, a quien por respeto llamo a consulta, introducimos al Duque en un cilindro lanzamisiles y lo expulsamos al espacio exterior, donde, por efecto de la contracción temporal de la zona heli-

143

coidal, se convierte en un feto con Dodotis y chupete y se queda dando vueltas sobre sí mismo.

Acto seguido doy instrucciones severas e irrevocables a cuantos han intervenido en este asunto de no revelar a nadie lo sucedido. Para tranquilizar sus conciencias, si alguno la tuviera, respecto de la legalidad de lo que acabamos de hacer con el Duque, les hago ver que llevamos con nosotros a una veintena de habitantes de la Estación Espacial *Derrida* y, por consiguiente, de antiguos súbditos del Duque, cuya posible lealtad a éste habría podido ocasionarnos problemas si le hubiéramos dejado permanecer a bordo; a esto añado que también llevamos a bordo a la propia Duquesa, la cual, si bien no parece muy afecta a su marido, podría reaccionar de una manera imprevisible, como sucede en estos casos con las mujeres. Por lo demás, el haber aplicado al Duque las garantías procesales previstas por la ley habría sido sumamente trabajoso y complejo, ya que el Duque gozaba de un estatus jurídico especial y, en rigor, de rango superior al del Gobernador y al mío propio, por lo que, de habernos enredado en legalismos, quizá habríamos tenido que acabar cediéndole el mando de la nave. En cuanto a las normas de la hospitalidad, poca aplicación tienen a este caso, ya que fue el Duque el primero en incumplirlas de un modo tan flagrante cuando nosotros estábamos en su casa.

Dicho lo cual, quemamos los formularios cumplimentados por el oficial de guardia con motivo de la detención del polizón, se levanta la sesión, y corremos todos a la sentina a ver quién encuentra el dinero de las entradas y se puede llevar un buen pellizco.

Martes, 4 de julio

Todavía faltan siete días para alcanzar la Estación Espacial más cercana y la situación se va haciendo insostenible.

Esta misma mañana el segundo segundo de a bordo me muestra una octavilla en la que se dice que, estando el cuerpo humano compuesto en un cincuenta por ciento de agua, se podría obtener la que necesitamos exprimiendo a algunos tripulantes o pasajeros elegidos por sus condiciones físicas o por sorteo.

Consulto con el médico de a bordo y me dice que la proporción de agua en el cuerpo humano no es exacta, pero que la propuesta es viable.

Para atajar este tipo de actos sediciosos, cuya repercusión es imprevisible y potencialmente peligrosa, ordeno retirar y destruir todas las octavillas distribuidas por la nave y, preventivamente, confiscar las máquinas de escribir, el papel, el papel carbón, los lapiceros y cualquier otro material de escritura. Esta medida encuentra fuerte resistencia entre los Ancianos Improvidentes, muchos de los cuales, animados por el éxito de su revista, han empezado a escribir sus memorias. Esta actividad los tiene entretenidos y felices, pero a la vista de lo ocurrido, les sugiero que se limiten a ordenar sus recuerdos y aplacen la redacción para un momento más propicio, a lo que unos responden que a su edad no pueden perder el tiempo, y otros, que ahora están inspirados y eso no se puede dejar pasar así como así. Para acabar de complicar las cosas, un par de Mujeres Descarriadas se han erigido en agentes literarias y me marean a todas horas con sus reclamaciones.

Antes de cenar convoco en reunión extraordinaria al primer y segundo segundos de a bordo y al doctor Agustinopoulos, así como al Gobernador, a quien por respeto llamo a consulta, y les digo que, ante la gravedad de la situación y siguiendo las instrucciones recibidas en la Academia de Mandos de Villalpando, me propongo poner en práctica una simulación de ataque proveniente del exterior como táctica diversiva en casos de conflicto interno. Estos simulacros, siempre y cuando sean creídos por las personas a quienes van destinados, fomentan la unidad, relegan a segundo plano los problemas personales y, cuando se alejan, si se consigue mantener todavía la ficción, dejan a todos contentos de haber vuelto al punto de partida, por malo que éste sea.

El Gobernador me hace ver que esta medida, excelente en términos generales, puede resultar contraproducente en el nuestro, ya que, careciendo la nave de armas y medicamentos, así como de agua para resistir un asedio, un simulacro de ataque proveniente del exterior podría crear un estado de pánico tanto o más peligroso que el nerviosismo actual, y señala que, si los cálculos de navegación no son erróneos, nos faltan pocos días para llegar a puerto, por lo que, en su opinión, vale la pena esperar sin hacer nada.

Oídos y sopesados estos argumentos, dispongo se tomen las disposiciones previas a la maniobra diversiva, pero que no se lleve a efecto el simulacro propiamente dicho hasta que así se decida en una futura reunión de mandos.

Viernes, 7 de julio

La deplorable carestía ha dado origen, como era de esperar, a un incipiente mercado negro a bordo de la nave. Según rumores que me llegan, por una suma elevada de dinero se puede conseguir un botellín de agua potable o una garrafa de agua pestilente, así como algunos fármacos. No son rumores fiables, porque proceden, como siempre, de personas envidiosas o fantasiosas o estúpidas, o las tres cosas a la vez, pero el mero hecho de que a estas personas se les haya ocurrido semejante infundio indica que la verdad no debe de andar muy lejos de la mentira.

Decido investigar el asunto, no tanto para impedir posibles irregularidades como para averiguar de dónde proceden los artículos puestos a la venta y el dinero para comprarlos. Si en algún lugar de la nave hay agua o medicamentos o si existe un método para obtener aquélla o éstos, conviene saberlo. También conviene saber quién dispone de efectivo para comprarlos, porque si llegamos a nuestro destino sin encontrar el dinero de las entradas que escondió el Duque, no tendremos con qué pagar las provisiones. También es preciso averiguar si lo que está a la venta es realmente agua y medicamentos o un sucedáneo y si lo es, cuáles pueden ser sus efectos sobre la salud del consumidor.

Como primera medida, acudo al sector de los Ancianos Improvidentes, considerando que éstos han de ser los más interesados en la compra de los productos citados y, asimismo, los que menos resistencia ofrecen en los interrogatorios y los que peor disimulan.

Los encuentro a todos muy atareados redactando sus memorias. Da gusto verlos tan activos e ilusionados, aunque de cuando en cuando se producen altercados, bien porque uno tararea y desconcentra a los demás, bien porque uno copia o es acusado injustamente de copiar al vecino, bien por otras pequeñeces de índole similar, pues a la irritabilidad propia de los viejos ha venido a sumarse ahora la susceptibilidad propia de los escritores.

Molestos por la interrupción y desconfiados por principio del que manda, mis tanteos para descubrir algún indicio de estraperlo resultan infructuosos, por lo que decido abandonar la investigación.

Al salir del sector, detecto un cierto revuelo y, al acercarme al lugar de donde procede, descubro a los dos Ancianos Improvidentes a cuyo cargo puse el howitzer en la Estación Espacial *Fermat IV*, tratando de ocultar bajo unas mantas esta pieza de artillería, de la que ya ni me acordaba. Preguntados al respecto, confiesan haberla estado repasando y engrasando por si ha de entrar en funciones dentro de poco.

Preguntados qué les hace suponer que habrá que utilizar dentro de poco el howitzer, responden haber oído rumores acerca de un ataque proveniente del exterior. Desmiento rotundamente estos rumores, les prohíbo proseguir el rearme y ordeno les sea decomisado el howitzer. A esta última medida se oponen con tal firmeza y en términos tan conmovedores que retiro la orden y les permito conservar la pieza, siempre que se abstengan de exhibirla entre sus compañeros.

De vuelta en mis aposentos, convoco a las personas que participaron en la reunión en la que se acordó primero y se desacordó luego el simulacro de ataque proveniente del exterior y les abronco por haber revelado lo que ordené mantener en el más estricto secreto. Como era de esperar, cada uno de ellos niega haber sido el causante de las filtraciones y declina toda responsabilidad, pero todos admiten haber detectado rumores similares, así como una cierta actitud belicista ante el presunto ataque, tanto entre la tripulación como entre el pasaje.

Convenimos en la necesidad de acallar de inmediato estos rumores y cualesquiera otros que afecten al orden público, de imponer sanciones a quienes los inventen, los fomenten o los divulguen, y de poner en circulación otros rumores de carácter optimista, esperanzado y tranquilizador. El doctor Agustinopoulos propone añadir a estos rumores, que suelen ser recibidos con escepticismo, otros referentes a las andanzas y la reputación de algunas personas conocidas, que, por el contrario, siempre son creídos y celebrados.

La propuesta es aceptada con mi voto en contra, porque ya sé quién será el blanco de estos bulos, y los presentes se retiran, quedando a solas conmigo el segundo segundo de a bordo, para rendir su parte de ruta.

Antes de oír el parte, le informo de los rumores concernientes al mercado negro, a lo que responde que siempre ha habido mercado negro dentro de la nave, tanto de productos como de servicios, y que él mismo ha participado en dicho mercado, unas veces como proveedor y otras como consumidor, pero asegura no saber nada acerca de lo que le estoy contando.

Mismo día por la noche

Previa solicitud de audiencia, pero sin esperar mi autorización, comparece la Duquesa alegando querer hacerme una proposición ventajosa. Su visita no puede ser más inoportuna, pues me encuentra en un estado de gran irritación de resultas de un incidente impúdico y nauseabundo ocurrido esta misma tarde.

Desde que el difunto Duque reveló haber escondido el dinero de las entradas en la sentina de la nave, su búsqueda se ha venido practicando en forma continua y afanosa, pero sin resultado alguno. Sin embargo, hace cosa de un par de horas, en el curso de una de estas batidas, han encontrado entre las tuberías a Garañón y a la señorita Cuerda durmiendo en posición de inequívoca afectuosidad, cinco puntos por encima de «amartelados» y uno por debajo de «in fraganti».

Siendo esta conducta constitutiva de grave infracción del reglamento, ordeno aplicar a los culpables, de inmediato y sin apelación, el mismo tratamiento que se aplicó al Duque.

El doctor Agustinopoulos interviene para instarme a postergar la ejecución hasta tanto no se hayan resuelto los problemas actuales, porque Garañón goza de cierto predicamento entre la tripulación y el pasaje por su apostura, su simpatía y por habernos salvado la vida. A esta voz une la suya el Gobernador, hecho un mar de lágrimas, para interceder por su presunta hija. En el mismo sentido intervienen el primer y el segundo segundos de a bordo, esgrimiendo argumentos tan poco jurídicos como «no tirar la primera piedra» y «no decir de esta agua no beberé».

En vista de ello, enmiendo mi decisión, pero el sentimiento de magnanimidad no basta para disipar mi enojo.

Ahora, para acabar de agravar mi malhumor, comparece la Duquesa, que conserva el insoportable hábito de callar, sonreír y taparse con el abanico. Esta actitud recatada me hace sospechar que la muy lagartona viene a verme con un propósito artero.

Como en esta maldita nave no hay forma de guardar un secreto, sin duda la Duquesa se ha enterado de la suerte corrida por el Duque y está tratando de buscarle un sustituto cuyo rango le permita seguir gozando de los privilegios a que está acostumbrada. Y obviamente este candidato soy yo, pues a mis prendas personales se une mi superioridad jerárquica y la inminencia de una jubilación sustanciosa si prospera mi solicitud.

La idea de emparejarme con la Duquesa no me resulta en principio abominable, aunque tampoco atractiva, pues si bien ella posee excelentes cualidades, mi corazón pertenece a otra. Luego, mientras ella calla, pienso que si yo me casara con la Duquesa y Garañón se casara con la señorita Cuerda, bastaría que la Duquesa reconociera la maternidad de Garañón para que la señorita Cuerda se convirtiera en mi nuera, aunque no sé qué ventajas me podría reportar esta vinculación.

Mientras voy ponderando estas ideas, la Duquesa se decide a hablar y dice haber advertido el estado de estrechez e infortunio en que nos encontramos por la falta de agua y medicamentos, así como el malestar y agitación que de ello se derivan, y añade que, siendo la causa de esta situación la incalificable acción de su marido, ella se siente en parte responsable y desea contribuir a mejorar dicha situación en la medida de sus posibilidades.

Como bien me consta, sigue diciendo, los supervivientes de la Estación Espacial *Derrida* habían formado un coro de madrigales que la propia Duquesa patrocinó e incluso dirigió personalmente durante varios años. Ahora, añade, y si yo lo autorizo, podría ofrecer un recital de madrigales, con carácter enteramente gratuito, a la tripulación y el pasaje, a fin de elevar su espíritu y hacerles olvidar sus congojas.

Viendo que mis suposiciones no estaban tan bien fundadas como yo creía y aliviado de que toda su proposición se reduzca a esto, la acepto aliviado y le concedo la oportuna autorización, aunque, conociendo a mi gente, presiento que va a ser peor el remedio que la enfermedad.

Sábado, 8 de julio

Todo el día de la Ceca a la Meca por culpa de los rumores que corren por la nave acerca de un supuesto ataque proveniente del exterior. Hasta el momento todos los intentos por detener estos rumores han fracasado y algunos parecen haber dado pábulo a otros rumores sobre el mismo tema, más verosímiles y turbadores si cabe. Como consecuencia de ello, cunde el desaliento entre unos y entre otros, un estado de excitación que, por no tener salida, acaba encontrando su desahogo natural en el prójimo y muy en especial en aquellos que se han dejado vencer por el desaliento. El resultado es una enfermería abarrotada de heridos y contusos, a los que no se puede atender por falta de medicamentos, así como daños materiales en el mobiliario de la nave de considerable importancia. Varias bombillas rotas.

A estas alturas el mercado negro ya invade los corredores de la nave. En las paredes hay carteles pegados anunciando productos, y megáfonos salidos de no sé dónde vocean *slogans* publicitarios. Sólo un elemento positivo: por causa de la competencia han bajado los precios.

La alarma reinante respecto del supuesto ataque proveniente del exterior ha hecho aparecer en el mercado negro una serie de artículos bélicos de cuya procedencia prefiero no enterarme: cascos, bayonetas, macutos, escapularios, sacos terreros, alambre de espino y parihuelas.

Desobedeciendo mis órdenes, los dos ancianos han seguido limpiando y engrasando el howitzer y, cuando lo han considerado a punto, han decidido probarlo. De resultas de ello, los dos ancianos son ahora un solo anciano.

En el momento de redactar este grato Informe, la situación descrita ha empeorado sensiblemente. Ya nadie permanece en su sector correspondiente. El pasaje, habiéndose saltado el reglamento de reclusión, deambula por los corredores y dependencias de la nave, forma corrillos y confraterniza con la tripulación. Algunos pronuncian arengas, de cuando en cuando suena algún disparo de pistola y los altavoces emiten música militar e himnos patrióticos procedentes de discos robados del Archivo Arqueológico de a bordo, que nadie había visitado hasta este momento, porque sólo guarda estos y otros discos, algunos libros, una pianola, una radio-despertador y una Vespa, residuos de la Era Etnológica.

Situación un punto por encima de «ingobernable» y dos por debajo de «haz las maletas y vámonos a Suiza». Hace un par de horas todos los ocupantes de la nave la han recorrido de punta a punta en manifestación no autorizada. El movimiento ha partido de un grupúsculo integrado por Delincuentes y tripulantes, aunque los demás se le han sumado de inmediato. Entre las Mujeres Descarriadas ha habido discrepancias, pero han acabado triunfando las más levantiscas y rencorosas. Luego se han agregado a la algarada los Ancianos Improvidentes, no tanto por motivos ideológicos como por la tendencia natural de los ancianos de aprovechar todo lo que es gratis. Exceptuados de esta conducta antirreglamentaria: algunos ancianos impedidos, algunos tripulantes en estado etílico agudo, el doctor Agustinopoulos y el primer y segundo segundos de a bordo, y aun éstos por no perder los años computables a efectos de ascenso y jubilación. Hasta el guardia de corps se ha unido a la turbamulta y ha cambiado su vestido de hawaiana por uno de cantinera.

Después de recorrer la nave profiriendo gritos de guerra, la manifestación se ha detenido a mi puerta y un portavoz ha reclamado mi presencia. Al comparecer yo, el mismo portavoz me ha expresado la firme adhesión de los presentes a mi persona y me ha instado a proclamar el estado de sitio, a tomar el mando con el sobrenombre de Horacio Dos I, y a infligir una terrible derrota al enemigo.

Respondo agradeciendo su confianza pero explicando que no existe tal enemigo, pues la alarma es una superchería inventada por mí mismo para distraerles de las carencias materiales. Les ordeno regresar a sus puestos o a sus respectivos lugares reglamentarios de reclusión y les aseguro que dentro de muy poco arribaremos a una Estación Espacial donde se resolverán todos los problemas. Les pinto una visión idílica de esta Estación Espacial, asegurándoles que no se repetirán los desagradables incidentes ocurridos en las dos últimas. A los Ancianos Improvidentes les exhorto, por añadidura, a seguir redactando sus memorias. Es inútil.

Finalmente la manifestación se retira, pero no se disuelve.

Al cabo de un rato alguien llama cautelosamente a mi puerta. Abro y entra sigiloso el depuesto Gobernador, que dice haberse unido a la manifestación para conocer la voluble voluntad de las masas y poderme informar al respecto.

Añade que, decepcionados los manifestantes por mi negativa a ejercer el liderazgo, han elegido su propio caudillo en la persona de Garañón, el cual, tras ciertas vacilaciones, ha acabado aceptando el cargo en forma interina. Esto no habría sucedido si le hubiera aplicado el tratamiento sumarísimo que yo proponía cuando fue sorprendido en compañía de la señorita Cuerda, la cual, más sensata, ha rehusado el cargo de Primera Dama que le ha sido ofrecido. Esta negativa inquieta al Gobernador, que sigue emperrado en que la señorita Cuerda es su hija.

La primera medida que tomará el nuevo caudillo, según ha oído decir el Gobernador, consistirá en deponerme y tomar el mando. Esta medida radical y totalmente antirreglamentaria no es del agrado de Garañón, pero como caudillo, no puede dejar de cumplir el deseo ferviente de quienes lo han encumbrado. Está atrapado por el devenir de la historia, y yo también.

Ante semejante coyuntura, ordeno al primer y segundo segundos de a bordo ir en busca de la Duquesa y traerla a mi presencia de grado o por fuerza.

Regresan trayendo a rastras a la Duquesa, que, ajena a todo, se negaba a abandonar el ensayo de los madrigales que su coro nos va a ofrecer esta misma noche.

En pocas palabras la pongo al corriente de la situación y la insto a que me ayude a resolverla, ya que, a mi entender, sólo ella puede hacerlo.

Muy halagada me pregunta si de verdad creo que un recital de madrigales puede deflagrar la situación. No. Entonces, ¿de qué se trata?

Le digo que, siendo Garañón quien está al frente de la revuelta, ella debe asumir provisionalmente la maternidad de Garañón y, prevaliéndose del ascendiente que esto le dará, hacerle desistir de sus propósitos. Como todo hombre rudo y valeroso, Garañón es sensiblero y accederá a los ruegos de una madre.

El plan le parece descabellado a la Duquesa, que reitera no ser la madre de Garañón, salvo que se demuestre lo contrario.

Como la cosa no está para bromas, le digo que

157

puedo demostrar lo que me dé la gana mediante testigos falsos y otras pruebas irrefutables y le recuerdo que la tenencia de hijos fuera del registro constituye una grave infracción al reglamento, pero le prometo no abrirle expediente ni disponer que se efectúe ninguna investigación ni airear su *affaire* con el abate Pastrana si me presta su ayuda.

Sopesa los pros y contras y acaba dando su conformidad. Acto seguido el doctor Agustinopoulos extiende el preceptivo certificado médico de filiación, adaptando la fecha a la conveniencia del caso, y el Gobernador lo eleva a escritura pública.

Para entonces la muchedumbre iracunda ya está frente a mis aposentos profiriendo denuestos y reclamando mi cabeza. A través de una mirilla advierto que están improvisando un cadalso. También distingo a Garañón, subido a un podio, tocado con un gorro frigio y rodeado de sus más estrechos colaboradores, entre los que no veo a la señorita Cuerda. Esto me anima un poco.

Abro la puerta una rendija y ordeno a la Duquesa salir y cumplir su parte de lo acordado.

Sale, cierro la puerta, la atranco y aguardo con el corazón encogido.

Lunes, 10 de julio

Los acontecimientos han tomado un giro inesperado.

Hace dos días interrumpí la redacción de este grato Informe cuando la Duquesa se disponía a enfrentarse a su presunto hijo en un intento de desactivar la rebelión encabezada por éste. Aunque la maniobra había sido urdida por mí, debo confesar que no había depositado en ella grandes esperanzas. Pero lo cierto es que funcionó a las mil maravillas.

Encerrado en mis aposentos y activadas todas las medidas de seguridad, incluidos los mecanismos de autodestrucción preventiva de la nave, pasé un heroico mal rato mientras fuera se habían acallado los gritos y el redoble de tambores, y reinaba un ominoso silencio.

Al cabo de media hora, no pudiendo resistir la ansiedad, ordené al primer segundo de a bordo asomar la cabeza y ver lo que pasaba.

Obedeció a regañadientes, alegando que si los rebeldes querían una cabeza, no tenía él por qué ofrecer la suya, pero obedeció, y, una vez efectuada la inspección ocular, dijo que la concentración se había disuelto, llevándose consigo el cadalso y las pancartas y dejando en una ordenada pila todas las pistolas antirreglamentarias, alguna metralleta e incluso el howitzer. Todo por la oportuna intercesión de una madre.

Ordené meter todas las armas en una bolsa y expulsar ésta luego al espacio exterior a través del cilindro de lanzamiento. Mientras esta orden era cumplida sin dilación, los altavoces de la nave emitieron el suave tañer de un arpa y anunciaron que en cinco minutos daría comienzo, tal y como estaba programado, el recital de madrigales ofrecido y dirigido por nuestra ilustre huésped, la Duquesa.

Muy satisfecho por el feliz desenlace del incidente, me puse el uniforme de gala y acudí a una dependencia situada entre la sentina y el pañol de la nave y destinada originalmente a almacenar mercancías con fines de venta o trueque, así como a personas con fines de venta o trueque. No siendo, sin embargo, estas actividades comerciales las habituales en nosotros, habíamos destinado dicha dependencia, amplia, alta de techo y despejada, a otros usos, tales como exposiciones de arte, conferencias, recitales de poesía y otras actividades culturales, si bien hasta el momento sólo se había usado para veladas de boxeo, lucha libre, levantamiento de pesas y otras manifestaciones análogas.

Ahora, sin embargo, las paredes habían sido cubiertas con pinturas de flores, angelitos y mariposas y en el techo había cenefas y farolillos de papel y en un extremo de la estancia se había instalado una tarima grande a modo de escenario y frente a la tarima se habían colocado todas las sillas disponibles. En estas sillas se sentaban la tripulación y los Ancianos Improvidentes. Las Mujeres Descarriadas y los Delincuentes, por falta de sillas, estaban de pie o sentados por el suelo.

Cuando hice mi entrada en este improvisado salón, los asistentes guardaron un respetuoso silencio e incluso alguno de los que tenían asiento hizo amago de ponerse en pie. Esta conducta, tan distinta a la observada un rato antes y para mí tan insólita, se explicaba por la presencia en el escenario de Garañón, que apuntaba al público con su escopeta de cañón recortado. Con ella me señaló una silla de tijera reservada en la primera fila. Le agradecí con ademanes su deferencia y me senté.

En cuanto me hube sentado se atenuaron las luces y salió a escena el coro de madrigales, seguido de la Duquesa. Bastó un movimiento de la escopeta para que el público prorrumpiera en un caluroso aplauso. Con otra indicación de la escopeta se hizo el silencio.

Entonces Garañón dirigió unas breves palabras a los presentes diciendo que a continuación asistiríamos a un recital de no sabía qué, pero que con toda seguridad haría nuestras delicias, que debíamos escucharlo en arrobado recogimiento y prorrumpir en aplausos y bravos al término de cada madrigal. Finalmente dijo que no le gustaría estar en el pellejo del que se comportara de otro modo.

Dicho esto se retiró a un extremo del escenario y la Duquesa, adelantándose al público, y haciendo una elegante inclinación, que fue muy aplaudida, agradeció nuestra asistencia, pidió disculpas por los posibles fallos, pues no habían tenido tiempo suficiente para ensayar, y anunció que el recital se compondría de nueve ciclos de doce madrigales cada uno. Por fortuna, hablaba tapándose la cara con el abanico y sólo los ocupantes de las dos primeras filas oímos este anuncio tan poco alentador.

Acto seguido la Duquesa dio media vuelta, se encaró con el coro, le impartió las últimas instrucciones y levantó la mano con el abanico, que se disponía a utilizar a modo de batuta. Entonces se oyó una explosión ensordecedora y la nave experimentó una violenta sacudida y giró sobre su eje, quedando lo de arriba abajo y lo de abajo arriba.

Me levanté como pude del techo, adonde habíamos ido a dar las personas y las sillas. Afortunadamente, el escenario había sido atornillado al suelo de la nave, por lo que permanecía fijo en lo alto, porque, de haber seguido a los cantantes del coro en su caída, los habría hecho puré.

Después de sacudirme el polvo del uniforme, miré a mi alrededor. Todos intentaban levantarse, salvo los que se habían desnucado, apoyándose los unos en los otros y gimiendo lastimeramente.

Vi emerger del montón al segundo segundo de a bordo y le ordené verificar los daños sufridos por la nave. Respondió que no necesitaba verificar nada para saber que los daños eran cuantiosos y, en su mayor parte, irreparables. Le pregunté si no podríamos, al menos, volver a dar la vuelta a la nave, y respondió que no lo sabía.

Entonces retumbó una segunda explosión, igual a la primera en intensidad, y volvió a girar la nave sobre el eje, pero no sobre el horizontal, sino sobre el vertical, con lo que fuimos a dar todos contra la pared. Por un instante me pareció ver a la señorita Cuerda patas arriba.

El segundo segundo de a bordo me preguntó que qué demonios estaba pasando. Era la misma pregunta que se hacían los demás y yo mismo, sin que nadie acertara a responderla.

Transcurrieron unos minutos de incertidumbre. En medio de un tenso silencio, se oyó a la Duquesa preguntar si ya podía dar comienzo el recital, pero antes de que alguien le respondiera, se produjo una tercera explosión, más fuerte que las anteriores. Esta vez la nave dio varias vueltas sobre sí misma.

Cuando finalmente se detuvo traté de discernir sobre cuál de los lados lo habría hecho, pero no me fue posible deducirlo, porque todo andaba revuelto y además se había ido la luz.

En la tiniebla oí la voz del primer segundo de a bordo que me llamaba. Respondí y él, guiándose por mi voz, se situó a mi lado y con grandes temblores, porque los ruidos fuertes le dan un miedo cerval, me dijo que, a su juicio, y dadas las circunstancias, lo mejor sería dejarse de madrigales y salir de allí a toda máquina, en el supuesto de que funcionara alguna máquina.

Aproveché para preguntarle si sabía lo que estaba pasando y respondió que no, pero que sin duda se había desencadenado el tan rumoreado como desmentido ataque proveniente del exterior.

Como la idea no carecía de verosimilitud y nosotros nos encontrábamos en una presumible inferioridad de condiciones, a juzgar por la potencia de las armas enemigas y la total ausencia de las nuestras, ordené tomar las medidas reglamentarias para proceder a una rendición incondicional. Nadie me hizo caso.

En realidad, nadie hacía caso sino de sí mismo, pues, de resultas de los sucesivos revolcones, quien más quien menos tenía motivo sobrado de queja y en la oscuridad reinante y a la espera de un nuevo chupinazo, la improvisada sala de actos, si así se la podía llamar, era un horrísono mare-mágnum.

Poco a poco, sin embargo, se fueron calmando los ánimos. Cesaron los gritos y el continuo ir y venir y el dar mamporros y el amenazar al comandante de la nave con partirle los dientes por incompetente y por burro. A los alaridos siguieron murmullos y a éstos risas entrecortadas. La sala empezó a llenarse de una claridad lechosa y un vago olor a buñuelos de crema. Comprendí que estábamos siendo gaseados y, siguiendo las instrucciones recibidas en la Escuela de Mandos de Villalpando relativas a esta emergencia, apoyé la cabeza en el trasero del vecino, cerré los ojos y perdí el conocimiento.

Soñé que estaba de regreso en la Tierra, concluido con éxito el viaje, y que presentaba este grato Informe a las autoridades competentes, las cuales, habiéndolo leído y aprobado, me concedían la jubilación anticipada con goce de pleno sueldo.

Martes, 11 de julio

Desperté de mi sueño presa de terror y de retortijones, secuelas del gas narcótico utilizado contra nosotros por los atacantes de la nave, y vi que estaba acostado en la piltra de un camarote blanco, limpio, tenuemente iluminado, con lavabo y excusado. Junto a la cama había un tarjetón impreso que decía: «Bienvenido.»

Me levanté, fui hasta la puerta y traté de abrirla. Lo conseguí sin esfuerzo. Con paso todavía vacilante, pero con la cabeza clara y alerta, salí a un amplio y bien iluminado corredor. Eché a andar hacia la izquierda. Al cabo de un rato desemboqué en un refectorio vacío. En una de las mesas había un cuenco de gachas de arroz, un vaso de zumo y una taza de café de cascarilla.

Desayuné a mis anchas y acto seguido sentí que me daba vueltas la cabeza. Demasiado tarde comprendí que el desayuno contenía un poderoso somnífero. Soñé que con motivo de mi jubilación anticipada me daban una fiesta, en el transcurso de la cual servían un pastel enorme, de cuyo interior salía la señorita Cuerda cubierta de melaza y piñones.

Desperté en la misma piltra del mismo camarote. En el tarjetón de bienvenida alguien había añadido de puño y letra: «Te está bien empleado por tonto.»

Nuevamente traté de salir, dispuesto a no volver a caer en ninguna añagaza, pero esta vez encontré la puerta cerrada, de modo que volví a tumbarme en la piltra.

Transcurrieron varias horas, que dediqué a buscar posibles métodos de fuga y, no habiendo hallado ninguno, a dormir la siesta, hasta que se abrió la puerta y entró un individuo vestido con bata blanca y provisto de estetoscopio, el cual, tras identificarse como médico internista y también odontólogo, me auscultó, me hizo sacar la lengua y me dio el alta.

Cuando se disponía a salir, le pregunté dónde

me encontraba y qué había sido de los demás ocupantes de la nave. Respondió que todos estaban bastante bien y que nos encontrábamos en la Estación Espacial *Aranguren*, bajo la generosa protección de su jefe supremo, el Invicto Almirante Sinegato.

Miércoles, 12 de julio

Aclaradas todas las incógnitas de este singular episodio, cuyo final, por una serie de pequeños errores y malentendidos, ha resultado más favorable que el producido por la diligente ejecución del plan mejor pensado, pues nos encontramos sanos y salvos en la Estación Espacial a la que nos dirigíamos y adonde no deberíamos haber llegado, según los cálculos, hasta dentro de tres días.

La Estación Espacial *Aranguren* es un ingenio de los llamados «de cuarta generación», es decir, los que se construyeron a principios de este siglo con los desechos de las tres generaciones precedentes. Debido a este origen subsidiario, estas Estaciones Espaciales tienden a ocultar las deficiencias de su funcionamiento interno bajo un diseño vistoso y arriesgado, por lo que reciben muchos visitantes a lo largo del año. La mayoría de ellas fueron construidas sin propósito alguno, sólo para dar salida al ingente material proveniente del desguace y emplear al numeroso personal desocupado a raíz de la crisis del sector. Sin embargo, y en contra de todas las previsiones, muchas estaciones de esta etapa han alcanzado un grado de desarrollo económico que les permite sobrevivir con escasa ayuda oficial.

La Estación Espacial *Aranguren* es un claro ejemplo de lo dicho. Construida para llevar una existencia parasitaria y marginal, goza en cambio de excelente fama, gracias a la gestión impecable de sus autoridades. En las estadísticas concernientes a higiene, nivel de vida, confort y educación ocupa un lugar alto, y en dos ocasiones ha sido elegida, por la calidad de sus servicios y la eficiencia y afabilidad de sus habitantes, Estación Espacial del Año. Su economía está basada en dos talleres de reparación de motores y fuselaje, una planta de producción y embotellamiento de agua pútrida, una planta de hidratación y esponjamiento de fósiles cárnicos y un internado donde se imparten cursos de verano en seis o siete idiomas.

Su mandatario, que en esta ocasión ostenta el escueto título de «jefe», es el Almirante Sinegato, a quien esta misma noche tendré ocasión de conocer en el curso de una cena que me ha ofrecido en su propia habitación.

Mismo día por la noche

Había tenido ocasión de ver la imagen del Almirante en las numerosas fotografías que adornan todas las dependencias de la Estación Espacial, así como los corredores, e incluso la mesilla de noche del camarote que me ha sido asignado. En estas fotografías el Almirante aparece como un hombre risueño, bajo, gordo y calvo. En persona es taciturno, alto y delgado y, en general, de mejor aspecto. Él mismo me ha explicado que las fotos han sido ligeramente retocadas para ofrecer al público una imagen más llana y familiar de sí mismo. Está casado y tiene muchos hijos, pero sólo ve a su familia un día al mes, porque sus obligaciones no le permiten ocuparse de los suyos con mayor frecuencia. Incluso ese día excepcional se lo pasa hablando por teléfono y despachando la correspondencia atrasada. Es muy trabajador y frugal: apenas duerme, come poco y de pie, no tiene amigos.

Al término de la cena a la que he sido invitado y de la que soy único comensal, pues el Almirante Sinegato se limita a beber un zumo de pepino, le pregunto extrañado cómo es posible que el gobierno de una Estación Espacial, que normalmente es una sinecura, le dé tantos quebraderos de cabeza, y responde con una sonrisa enigmática y burlona que me lo explicará a la mañana siguiente.

Acto seguido le pido me refiera lo sucedido con el ataque a la nave y su providencial intervención, sin la cual sin duda habríamos caído en manos de piratas o de tratantes de esclavos. Su sonrisa se acentúa y confiesa que no hubo tal ataque, sino sólo una simulación muy bien orquestada por él mismo. Con esta lacónica respuesta da por zanjado el asunto así como la velada, pues quehaceres inaplazables le reclaman. Me da las buenas noches, me cita para la mañana siguiente a muy temprana hora y se va.

No habiendo nada más que hacer, regreso a mi camarote, redacto este grato Informe y me voy a dormir.

Jueves, 13 de julio

Una música estridente me despierta y una voz me recuerda que el día es para trabajar y la noche para descansar, y no al revés. Mientras el servicio de megafonía propone unos ejercicios de calistenia, me aseo, me visto y acudo al refectorio.

En el refectorio no hay nadie, pero encuentro en la mesa un austero desayuno. Me niego a creer que sea de nuevo una trampa y me lo como todo. Cuando lo he acabado sin experimentar síntoma alguno de intoxicación aparece el Almirante Sinegato y me dice que lo acompañe, pues desea mostrarme algo de gran interés para mí, así como darme una noticia que, según sus propias palabras, «cambiará el curso de mi vida».

Le sigo sin rechistar por un largo corredor, al final del cual hay una puerta oculta tras un panel de falso revestimiento. El Almirante pulsa un timbre, la puerta se abre, entramos en un ascensor «a botones», como los que había en todos los edificios en la Era Etnológica. Este ascensor se desliza con suavidad por unos rieles colocados verticalmente y de este modo realiza un camino descendente. Luego se detiene, la puerta se abre y nos encontramos en una sala gigantesca totalmente cubierta de mesas, muy juntas las unas de las otras, a las que se sienta un centenar de personas vestidas con batas blancas. Cada una de estas personas tiene ante sí una pantalla que emite luz y por la que desfilan cifras y letras.

Mi asombro va en aumento, pues yo creía, como todo el mundo, que este tipo de monitores, relacionados con la electrónica, había dejado de existir a raíz de la Revolución que supuso el fin de la Era Etnológica y el principio de la nuestra. El Almirante Sinegato responde en tono de benevolencia que, en efecto, así fue, pero no de un modo tan rotundo como yo supongo.

Y a continuación me refiere la siguiente historia:

Como es sabido, en el ocaso de la Era Etnológica reinaban en la Tierra la confusión, el caos y el desgobierno. Los intentos de restauración monárquica, la revuelta de los vegetarianos, la quiebra del sistema financiero y otros sucesos históricos similares fueron causa y pretexto para terribles explosiones de violencia. La Tierra entera estaba sumida en sangrientas luchas fratricidas.

Como, por otra parte, la constatación científica irrebatible de que no había en todo el Universo Finito otros seres vivos que los terrícolas ni otros mundos habitables salvo la Tierra, excluía cualquier solución a los problemas existentes que no fuera local y pactada, los gobiernos se reunieron y firmaron un acuerdo encaminado a detener el progreso. De este modo dio comienzo la nueva era, llamada la Era Actual.

Por supuesto, no habría sido viable renunciar

al nivel de eficacia y confort alcanzado hasta aquel momento gracias al desarrollo tecnológico, económico y social, por lo que el pacto preveía el mantenimiento del sistema sanitario, del sistema de transporte, del sistema energético y, en términos generales, de la mecanización, aunque no su evolución ulterior, en el convencimiento de que nadie sentiría la falta de lo que todavía no había sido inventado. En cambio, los gobiernos firmantes de dicho pacto se comprometían a desactivar todo el sistema de inteligencia mecanizada, es decir, el almacenamiento, selección, combinación y suministro de datos de cualquier tipo y, por consiguiente, a eliminar toda la capacidad de control e iniciativa, de comunicación a distancia, de cálculo y de creatividad. Se estableció un límite a la disponibilidad de información equivalente a cinco veces el contenido fáctico y dos veces la capacidad de análisis de un periódico en su edición dominical, y un límite a la comunicación sin hilos equivalente a la distancia que media entre el puerto de Odessa y la ría de Vigo. Se restableció el uso de las armas de fuego, del papel moneda, de la escritura manual, del papel carbón, de la radio de lámparas para la emisión de música, noticias y programas dramáticos en forma seriada o en forma de radioteatro, las calculadoras de seis dígitos y algunos artefactos más. El resto fue destruido.

Se prohibió el consumo de bebidas alcohólicas y otras sustancias tóxicas, si bien las infracciones a esta norma fueron tratadas con indulgencia. Se puso fin a los trastornos derivados de la movilidad social. Fueron abolidas las constituciones y otras normas de rango superior. Las leyes fueron reemplazadas por reglamentos administrativos.

Para garantizar la libertad se destruyeron todos los registros. Se institucionalizó la tolerancia completa de creencias, ideas y conductas individuales no delictivas, pero se prohibió cualquier forma de identidad colectiva y sus manifestaciones externas, salvo las de certificada estupidez, como el fanatismo deportivo y los estudios universitarios. Se llevó a cabo una intensa campaña para desarraigar las actitudes antisociales, como el afán de enriquecimiento desmedido, el afán de viajar sin necesidad, la ostentación y otras lacras. De este modo dio comienzo una etapa tranquila en la Historia de la Tierra.

Por supuesto, los gobernantes que instauraron el nuevo orden no eran ingenuos ni desconocían la complejidad de la naturaleza humana y de la mecánica social y sus interacciones. Por consiguiente, para paliar las desviaciones que estos factores introducirían de inmediato en el plan general, los gobernantes concibieron y pusieron en práctica un programa urgente de construcción de Estaciones Espaciales. Oficialmente, estas Estaciones Espaciales estaban destinadas a fines comerciales, culturales o recreativos. En realidad, eran centros de confinamiento donde se podían aislar las diversas anomalías del espíritu humano. En estas Estaciones Espaciales, alejadas de la Tierra, enzarzadas en la maraña de la zona helicoidal, provistas de sistemas de comunicación muy precarios, constreñidas por su tamaño y la escasez de sus recursos a una dependencia total de la metrópoli y a una proyección de crecimiento igual a cero en el peor de los casos, y en el mejor, negativa, las locuras podían evolucionar con arreglo a su propia mecánica, sin más peligro que lo que pudiera acontecer a los visitantes incautos. En última instancia, una red eficaz de seguimiento permitía la eliminación de los excesos o, a la inversa, la reinserción en la Tierra de algunos individuos aislados cuya conducta los hubiera hecho acreedores a la remisión de su pena.

Esto exigía, naturalmente, el mantenimiento de un pequeño sistema de información y vigilancia y, por consiguiente, de algunos elementos de la tecnología prohibida. Con tal fin fueron creados centros secretos de control, unos en la Tierra, otros en fingidas Estaciones Espaciales, donde permanecían intactos y en pleno uso los antiguos archivos y registros y los antiguos medios de captación y emisión de datos.

Desde uno de estos centros, justamente desde este en el que ahora nos encontramos, el personal competente ha ido siguiendo las incidencias de nuestro viaje. Por esta razón, y a la vista de nuestra desesperada situación de carestía y de las graves convulsiones sociales a que dicha situación estaba dando lugar, el Almirante Sinegato decidió cancelar la visita mensual a su familia e intervenir en la nave mediante un simulacro de ataque proveniente del exterior, del modo expeditivo ya consignado en la parte correspondiente de este grato Informe.

Con esta explicación, una risotada campechana y unas palmadas en mi hombro, el Almirante Sinegato da por concluido su instructivo relato.

Después de dedicar un rato a la ardua tarea de asimilar todo lo que acabo de oír, hablo yo a mi vez, agradeciéndole su intervención para sofocar el conato de rebelión a bordo, si bien hago constar que para entonces yo ya tenía la situación bajo control. Luego le agradezco la confianza que ha depositado en mí al hacerme partícipe de tantos y tan importantes secretos y le ruego, si no se lo va a tomar a mal, que me diga por qué me ha contado todas estas cosas precisamente a mí. Responde que, a la vista de mi historial y mi persona, no esperaba una pregunta tan inteligente y añade que con gusto disipará mis dudas cuando hayamos salido de allí.

Hacemos nuevamente uso del ascensor, recorremos el largo corredor en dirección contraria y desembocamos frente a la puerta de un local sobre la que un letrero luminoso anuncia: BAR QUINCOCES. Entramos en una cafetería, donde se expende café de cascarilla y gachas de arroz, mientras unos tubos emiten olor a cochifrito.

El Almirante Sinegato me informa de que es el local preferido de los visitantes, porque la atmósfera es tranquila y las chicas de servicio son muy guapas.

Nos sentamos en un reservado y una camarera, cuyos atractivos confirman el dictamen del Almirante, nos trae dos tazas de café tibio y una bolsita de humo para que podamos hacer «café humeante».

Cuando la camarera se retira, el Almirante prosigue su explicación, diciendo que unos meses atrás, siempre en términos temporales de la Tierra, le fue comunicada la organización de nuestro viaje, sus causas y su destino final, así como el expediente completo de todos los ocupantes de la nave, tanto pasajeros como tripulantes, sin omitir, naturalmente, el de la oficialidad y su comandante, Horacio Dos. En el mismo comunicado se le ordenaba el seguimiento y supervisión de nuestras actuaciones. En virtud de esta orden, desde el comienzo y hasta el momento presente, todos nuestros movimientos y conversaciones han sido registrados y grabados y figuran en los archivos de la Estación Espacial *Aranguren*, desde donde serán enviados a la Tierra.

Al ver que tuerzo el gesto, el Almirante Sinegato sonríe y dice que comprende mi incomodidad e incluso mi enojo: a nadie le gusta saberse observado, y menos a una persona con mis inclinaciones. Admite que ciertos episodios de mis recientes actuaciones unas veces rozan lo ilegal y otras incurren en lo ridículo, pero que esto no debe preocuparme. Conociendo mis antecedentes y lo que él llama mi «perfil», se esperaba un cierto margen de irresponsabilidad. En conjunto, sin embargo, y a juicio del propio Almirante, mi conducta ha sido no ya aceptable, sino encomiable, habiendo hecho frente a sucesivas emergencias con decisión, perspicacia y coraje. En tal sentido el Almirante ha rendido informe a las autoridades federales.

A la vista de este informe, prosigue diciendo, el Comité de Evaluación ha estudiado mi solicitud y ha decidido concederme la jubilación con goce de pleno sueldo.

Este balance positivo se aplica igualmente al primer segundo de a bordo, Graf Ruprecht von Hohendölfer, el segundo segundo de a bordo, M. Gaston-Philippe de la Ville de St. Jean-Fleurie, y el médico de a bordo, doctor Aristóteles Argyris Agustinopoulos.

Al oír tan buenas noticias no puedo por menos de lanzar gritos de júbilo y, con lágrimas en los ojos, doy las gracias al Almirante por su generosa intervención.

A continuación le pregunto cuándo cree que estará lista la nave, porque, como es lógico, estoy ansioso por concluir la misión y regresar a la Tierra. Asimismo le insto a que me revele el destino final de la misión, que sin duda conoce.

El Almirante Sinegato sonríe con su habitual benevolencia y dice que por el momento no debo preocuparme por la misión que en su día me fue encomendada y respecto de la cual también tiene que decirme algo importante.

Me dispongo a escuchar atentamente sus palabras, pero en este mismo momento se nos acerca la camarera que nos ha atendido y me muestra la palma de la mano, en la que veo escrita con letra grande al carboncillo la palabra «murder».

Sábado, 15 de julio

Todo el día de ayer y toda la noche que ahora acaba dedicados a la doble tarea de comprender el alcance de las revelaciones del Almirante Sinegato acerca de nuestra misión y de tomar las disposiciones necesarias para finalizar el cumplimiento de la misma.

Cuando hace poco menos de un año las autoridades competentes me convocaron para confiarme esta misión, sólo se me dijo que debía transportar un cierto número de Delincuentes, Mujeres Descarriadas y Ancianos Improvidentes a un lugar cuyas coordenadas, por razones de seguridad, me serían facilitadas al término del viaje. Se me indicó la ruta a seguir y se me notificó que la dotación de la nave, tanto los mandos como la tripulación, estaba compuesta por personas cuyo historial presentaba algún elemento negativo, por lo cual debía supervisar su conducta con discreción, evaluarla con equidad e informar a las autoridades competentes con exactitud. En este sentido, la misión constituía para ellos una oportunidad de rehabilitación, aunque lo ignorasen. Lo que no me dijeron es que yo también me encontraba en las mismas condiciones, pues a causa de mi solicitud de jubilación anticipada habían aflorado algunos asuntos personales y episodios profesionales que yo creía a buen recaudo o, a lo sumo, olvidados. Esto último, sin embargo, ya no tiene la menor importancia, porque ayer tarde el Almirante Sinegato me notificó que había pasado la prueba a plena satisfacción

177

del Comité de Evaluación, al igual que el primer segundo de a bordo, Graf Ruprecht von Hohendölfer, el segundo segundo de a bordo, M. Gaston-Philippe de la Ville de St. Jean-Fleurie, y el médico de a bordo, doctor Aristóteles Argyris Agustinopoulos.

Por este motivo, y por orden expresa de las autoridades competentes, las cuatro personas antes mencionadas hemos sido relevadas de la presente misión y autorizadas a emprender el regreso a la Tierra en el plazo de dos días, en una nave regular. Una vez en la Tierra, a los dos segundos de a bordo se les restituirá en sus cargos, y al doctor Agustinopoulos, en el ejercicio de su profesión. En cuanto a mí, se me concederá la jubilación anticipada con goce de pleno sueldo, una vez deducidos algunos adeudos con sus correspondientes intereses, recargos y costas. Éste es, pues, el final de mi carrera y el principio de un merecido descanso.

En cuanto a la nave que nos ha traído hasta aquí, se encuentra en proceso de reparación en los astilleros de la Estación Espacial *Aranguren*. Una vez esté en condiciones de navegabilidad, se la dotará de nueva oficialidad y reemprenderá viaje.

Después de expresar mi agradecimiento a las autoridades federales y al Comité de Evaluación, pregunté, sin ánimo de inmiscuirme en las decisiones de la superioridad, adónde se dirigiría entonces la nave y su pasaje.

A esto respondió el Almirante Sinegato que la nave no se dirigía a ninguna parte. En realidad, el trayecto no tenía destino alguno, siendo su único objetivo aislar a una serie de personas dificultosas por el método habitual en tiempos de crisis económica, es decir, enviarlas a dar vueltas por la zona helicoidal en una nave averiada, gobernada por inútiles y desaprensivos, hasta que algún contratiempo, la escasez de alimentos y medicinas o el simple transcurso de los años acabara con los ocupantes, como de hecho ha estado a punto de ocurrir durante el trayecto precedente.

De momento, sin embargo, y hasta que la nave no estuviera disponible, la tripulación y el pasaje permanecerían en la Estación Espacial.

Pregunté dónde se encontraban dichas personas y me respondió que el primer y segundo segundos de a bordo, así como el doctor Agustinopoulos, se encontraban en sus respectivos camarotes, preparando el viaje de regreso. En lo concerniente a los miembros de la tripulación y del pasaje, no era ya asunto de mi incumbencia, aunque el Almirante Sinegato, para tranquilizar mis escrúpulos, tuvo a bien informarme de que todos se encontraban sanos, salvos y bajo su protección, y que habían sido lavados, desinfectados, hidratados, alimentados, curados y encerrados en el calabozo.

Reiterada mi gratitud y mi alborozo, el Almirante Sinegato, alegando apremios y compromisos, llamó a la camarera, le ordenó que cargara las consumiciones a la cuenta oficial de gastos y salimos. Antes de abandonar la cafetería Bar Quincoces, sin embargo, tuve ocasión de susurrar al oído de la camarera el número de mi camarote.

Esta madrugada, cuando ya me había quedado dormido, llamó a mi puerta. La hice entrar, cerré la puerta y la reprendí por su tardanza.

Se excusó diciendo que no había librado hasta pasada la medianoche y que aun después había perdido bastante tiempo en impedir que la siguieran, en parte por saber adónde iba, y en parte por razón de su palmito, ya que abundaban «los moscones» en la cafetería Bar Quincoces, de la cual, dicho sea de paso, había obtenido una llave.

Aclarado este punto me excusé por no haberla reconocido en la cafetería hasta que ella misma me mostró la palabra «murder» escrita al carboncillo en la palma de la mano. Mientras se desprendía de la peluca y la cofia y se desmaquillaba, la señorita Cuerda me aclaró que la palabra no estaba escrita al carboncillo, sino que le había sido grabada al hierro en el presidio donde estuvo encerrada hasta que le fue ofrecida la posibilidad de inscribirse en el proyecto de expatriación junto a otras Mujeres Descarriadas. Nunca pensó que dicho proyecto condujera a nada bueno, pero estaba y seguía estando dispuesta a todo, menos a la reclusión. Por este motivo, al ser conducida al calabozo con el resto del pasaje en la Estación Espacial, se las ingenió para evadirse y confundirse con la población local.

Preguntada de qué argucia se valió para que la dejaran salir del calabozo, se negó a contestar. Preguntada si la misma argucia serviría para el resto de los detenidos, respondió que lo duda mucho.

Acto seguido, sin embargo, añadió que de sus

contactos personales había deducido que el personal carcelario no sería reacio a otras formas de persuasión y que en esta Estación Espacial, como en cualquier otro lugar del Universo, el dinero abría todas las puertas.

La conversación quedó interrumpida en este punto tan interesante por unos golpes en la puerta.

Acudí y entraron el primer y segundo segundos de a bordo, quienes, tras saludar con excesivo entusiasmo a la señorita Cuerda, dijeron haber realizado las averiguaciones que yo les encomendé cuando coincidimos a la hora de cenar en el refectorio.

Poco después llamaron de nuevo y compareció el doctor Agustinopoulos, el cual nos contó cómo, siguiendo mis indicaciones, se había hecho mostrar el laboratorio farmacéutico por el médico jefe de la Estación Espacial y cómo, al término de la visita, tras haberle elogiado largamente las instalaciones y su funcionamiento, el doctor Agustinopoulos había tratado de inducir a su colega a tomar unas copas en las que previamente había vertido un poderoso somnífero. Habiéndose negado el médico local a beber en horas de servicio, el doctor Agustinopoulos no tuvo más remedio que partirle la cabeza con un taburete. Ahora el doctor Agustinopoulos disponía de la llave de acceso al citado laboratorio y la garantía de que no le molestaría nadie.

Antes de pasar a la fase siguiente de la operación, ponderé la conveniencia de dejar una nota al Almirante Sinegato agradeciéndole sus atenciones, pero mis compañeros me disuadieron de hacerlo alegando que en estos casos el tiempo era oro. Cedí a sus argumentos, concluí la redacción de este grato Informe, cogí la bolsa de equipaje y salimos todos del camarote para llevar a término el resto del plan.

Quiero hacer constar ante quien procediere que todos los partícipes en este plan y de cuanto pueda derivarse de él han sido previamente informados por mí de lo que me comunicó oficialmente el Mariscal Sinegato en lo que concierne a sus posibilidades de rehabilitación profesional y personal, y que todos han dado su conformidad a dicho plan y a cuanto pueda derivarse de él sin coacción de ningún tipo por mi parte, actuando cada uno de ellos con plena libertad y conocimiento, por lealtad a mi persona y, en última instancia, por un peculiar sentido del honor. En virtud de lo cual declino toda responsabilidad, si es que esto, a estas alturas, tiene ya alguna importancia, puesto que yo soy el autor del plan, su instigador y su cabecilla.

Domingo, 16 de julio

Después de una noche de conciliábulos, los conjurados salimos sigilosamente de mi camarote poco antes de despuntar el alba y nos separamos, yendo cada uno a cumplir la misión que le había sido asignada.

En mi condición de comandante todavía en activo, y en compañía de la señorita Cuerda, que conocía el camino, me dirigí al edificio que bajo apariencia de internado albergaba la prisión de la Estación Espacial *Aranguren*, con capacidad para más de mil quinientos reclusos, y donde en aquel momento se encontraba recluida la tripulación y el pasaje de la nave.

Al llegar a la puerta principal, la señorita Cuerda, que había vuelto a revestirse de sus atributos de camarera de cafetería para disipar toda sospecha respecto de sus intenciones, manifestó al vigilante su deseo de hablar con el oficial de guardia, con quien dijo tener concertada cita previa. El vigilante me miró de reojo y la señorita Cuerda le explicó que yo era su representante y que me ocupaba del aspecto económico de sus actividades dentro y fuera del Bar Quincoces.

Tras una breve espera, fuimos conducidos al despacho del citado oficial, el cual, aun no teniendo concertada cita previa con nadie, no rehusó recibir a una camarera tan pizpireta.

Una vez a solas con el oficial, me identifiqué como el comandante Horacio Dos y le expliqué la misión que me había sido confiada. Añadí que un súbito cambio de planes me obligaba a embarcar de nuevo al personal de la nave y proseguir viaje, por lo que le ordenaba que lo pusiera de inmediato en libertad.

Antes de que el oficial pudiera expresar dudas acerca de esta declaración, extendí sobre su mesa varios fajos de billetes de curso legal y le dije que los fuera contando mientras se efectuaba el traslado solicitado. Como la suma de dinero era considerable, cursó las órdenes oportunas y se puso a contar el dinero y a guardarlo celosamente entre los pliegues de su uniforme.

Con cierta amargura vi desaparecer el dinero de las entradas que el pérfido Duque había escondido entre los tubos de la sentina y que yo había encontrado y guardado sin decir nada, con la intención de complementar las mensualidades de mi jubilación anticipada, que ya nunca percibiré.

Una vez formada mi gente a la puerta de la prisión, los distribuí en tres grupos. A continuación, la señorita Cuerda y las demás Mujeres Descarriadas se dirigieron a la cafetería Bar Quincoces mientras yo conducía a los Ancianos Improvidentes a los astilleros con toda la rapidez que permitían sus miembros artríticos. Los Delincuentes y la tripulación, provistos de tirachinas y estacas confeccionados durante su breve estancia en los calabozos con trozos de piltra, se constituyeron en guerrillas urbanas y cubrían la marcha. Un grupo selecto, capitaneado por Garañón, fue en busca del segundo segundo de a bordo, que esperaba la llegada de estos refuerzos.

Por fortuna, por las calles no había nadie que presenciara esta maniobra y pudiera dar la voz de alarma.

Cuando mi grupo estuvo cerca de los astilleros, se destacó de él una persona y me abordó. Era la Duquesa, que, con el rostro cubierto por el abanico para ocultar su confusión, me informó de que se negaba a seguir, alegando que ni ella ni los suyos tenían cuentas pendientes con la justicia, que nuestra fuga era una locura y que ella tenía pensado establecerse en la Estación Espacial *Aranguren*, cuyo ambiente encontraba tranquilo y limpio. Aquí tenía pensado montar un hotelito de estilo tirolés, donde se obsequiaría a la clientela con madrigales a la hora del desayuno, la comida, la merienda y la cena.

Le dije que su deserción apenaría muchísimo al pobre Garañón, pero que yo comprendía sus razones, la autorizaba a regresar al calabozo con los suyos, le deseaba suerte y le rogaba que no nos delatase hasta que estuviéramos lejos de la Estación Espacial.

Liberados de aquel hatajo de cursis, proseguimos la lenta marcha.

Clareaba cuando alcanzamos los astilleros. Acudió la guardia al ver llegar nuestro desvencijado tropel. Para entonces los Ancianos Improvidentes habían agotado sus fuerzas: unos se caían, otros daban rienda suelta a sus variadas incontinencias, todos gemían y refunfuñaban. Esta circunstancia, para la que no habían sido adiestrados, desorientaba y confundía a los guardias, lo que permitió a los Delincuentes caer sobre ellos, reducirlos sin dificultad, maniatarlos, amordazarlos y encerrarlos en un almacén de productos inflamables.

Cruzamos el portalón de acceso a los astilleros y, dejando un retén de vigilancia, localizamos la nave en uno de los talleres. Allí nos recibió el primer segundo de a bordo, que, al amparo de la oscuridad, había conseguido introducirse en ella hacía un rato y había estado revisando la maquinaria.

Mientras los Delincuentes ayudaban a embarcar a los Ancianos Improvidentes sin demasiados miramientos, el primer segundo de a bordo me rindió su informe. La nave podía despegar con ciertas dificultades, pero las condiciones de navegabilidad eran escasas, cinco puntos por encima de «inestables» y uno por debajo de «irrisorias». Los depósitos de alimentos y agua estaban vacíos. Le dije que no se preocupase por esto y ordené a la tripulación ocupar sus puestos y poner en marcha los motores de despegue a fin de desatracar tan pronto llegasen los demás. El primer segundo de a bordo dijo que necesitaría por lo menos una hora para calentar motores. Le metí prisa.

Transcurridos diez minutos llegaron las Mujeres Descarriadas cargadas de cajas, fardos y botellas. La señorita Cuerda me informó de que habían limpiado la cafetería Bar Quincoces, aunque los víveres y bebidas así obtenidos no daban para mucho. Le respondí que algo era algo y le ordené ir colocándolo todo en su sitio, con especial cuidado de los productos perecederos y los congelados.

Concluida esta operación, una tremenda explosión sacudió la Estación Espacial y a lo lejos se elevó una columna de humo. Al cabo de muy poco entraron corriendo en los astilleros el segundo segundo de a bordo con Garañón y su cuadrilla. Yo les había confiado la misión de averiar el ascensor que conducía al centro secreto de control que el Almirante Sinegato tuvo a bien mostrarme la víspera,

186

a fin de que no pudieran localizarnos ni atacarnos mientras durasen las obras de reparación y despegue, pero no les dije que volasen las instalaciones. Les reprendí y alegaron que la culpa la había tenido el ascensor, que disponía de un sistema de seguridad demasiado sensible. Al decir esto se les escapaba la risa, pero no era momento para entrar en discusiones, porque el atentado sin duda habría puesto en pie de guerra a toda la Estación Espacial.

Confirmando estos temores vino a la carrera el doctor Agustinopoulos empujando una carretilla llena de productos farmacéuticos y diciendo que un regimiento de gendarmes y dos carros de combate se dirigían a los astilleros. Calculaba que tardarían cuatro minutos en llegar. El primer segundo de a bordo dijo que necesitaba por lo menos diez para despegar. Los que vigilaban la puerta abandonaron la vigilancia y corrieron a refugiarse en la nave a los gritos de «ya están aquí» y «son muchos».

A la vista de esta contingencia, me proveí de una bandera blanca y acudí al portalón de los astilleros a negociar una rendición sin condiciones.

Desde el portalón vi avanzar a los gendarmes en apretada formación, flanqueados por los carros de combate.

Cuando estaban a menos de veinte metros agité la bandera blanca. Un obús me arrancó la bandera de la mano y estalló a mis espaldas, dejándome sordo, harapiento y amedrentado. No supe si sería mejor salir corriendo o hacerme el muerto.

Mientras lo dudaba apareció de improviso un grupo de personas y se colocó frente al portalón. Con sorpresa advertí que se trataba de la Duquesa y su coro de madrigales. La interrogué con la mirada y ella me indicó con el abanico que regresara a la nave y que partiera sin tardanza mientras ella entretenía a los atacantes. Acto seguido formó al coro ante el portalón de los astilleros y les dio el *la*.

Los gendarmes se detuvieron y el oficial que los mandaba ordenó el alto el fuego mientras recababa instrucciones de la superioridad.

La tregua no podía durar mucho, pero tal vez nos proporcionara los minutos que necesitábamos. En cuanto a lo que pudiera suceder luego a la Duquesa y su coro, mejor era no pensarlo. Al fin y al cabo, no hay sacrificio que una madre no esté dispuesta a hacer por su hijo.

Corrí a la nave, entré y ordené cerrar la escotilla. Hecho esto, la nave experimentó varias sacudidas e inició la operación de despegue.

Sábado, 22 de julio

Las gachas de arroz y los bollitos de alfalfa, así como el agua pútrida con clorofila, la cerveza de harina de pescado y el café de cascarilla confiscados por la señorita Cuerda en la cafetería Bar Quincoces empiezan a escasear. Descontento general y conato de rebelión en el sector de los Delincuentes y algunos casos de hemoptisis en el de los Ancianos Improvidentes. En vista de la situación,

ordeno al primer segundo de a bordo poner rumbo
a la Estación Espacial más próxima. Por si acaso,
prefiero no consultar el Astrolabio Digitalizado ni
hacer averiguación alguna acerca de lo que nos espera allí.

F I N